왼손의 투쟁

양속의 루행

왼손의 투쟁

시와 사랑에 대한 탐구

정한아 시산문집

안온

프롤로그

우리가 하는 무서운 일들

우리가 하는 무서운 일들

아직 전 세계적인 감염병이 도래하기 전, 일본에서 내 시에 관해 강연할 기회가 있었다. 자기가 쓴 시를 이야기하는 일은 언제나 어렵다. 떠듬떠듬 진행된 강연이 끝나고 한 일본인 대학생이 던진 질문은 그 자리에서는 완성되지 않을 문답 시간을 영겁으로 늘려놓았다. 당신은 사랑을 믿습니까? 당신은 정말로 사랑을 해본 적이 있습니까?

이게 도대체 무슨 귀신 씻나락 까먹는 소리지? 사랑을 믿지 않는 사람도 있다는 말인가? 사랑을 안 해본 사람이 세상에 있나? 물론 사랑을 믿는다고, 사랑의 실체를 확정할 수는 없지만, 그건 예수나 붓다나 마호메트처럼 이름은 달라도 우리가 제발 세상에 있으면 좋겠다고 생각하기 때문에 실재한다고 믿을 수 있고, 그 믿음 때문에 비로소 존재하기 시작하는, 마음으로 존재하기 시작해서 우리의 영혼이 되는 것이라고 이야기했지만,

그건 종종 내용이 확장되었다 응축되었다 수정되고 변형되며 때로 자기 마음의 고집과 배신 때문에 갱신되기도 하는 것이지만, 그게 없으면 우리는 진즉에 멸종했을 것이라고 짜디짠 야키니쿠 식당 뒤풀이 자리에서도 열심히 이야

기했지만,

그보다, 어째서 나의 시를 읽고 그런 질문을 하게 되었느냐고 되묻고 싶었지만,

참석자들은 마치 내가 거짓말이라도 하고 있다는 듯, 믿을 수 없다는 눈빛으로 그저 쳐다보기만 하는 것이었다.

그날 이후로 그 질문들은 때때로 살아나 사라지지 않는다. 그 질문에서 '사랑'은 확정적 정의를 저변에 두고 있던 것일까? 그러니까, 넌 사랑을 믿는다고 하지만 그까짓 거 다 판타지 아니냐는 질문일까? 사랑 따위가 실재한다면 인간이 이 모양 이 꼴일 리가 없지 않느냐는 야유일까? 아니면 네가 사랑이라고 믿어온, 그때그때의 느낌으로 수정해온 내용과 갱신된 바도 결국 그냥 '네 거' 아니냐는 뜻일까?

가령, 이런 일을 어떻게 생각해야 하는 것일까? 결혼식을 준비하고 있던 2013년 겨울에 나는 한 문예지로부터 좋아하는 외국 시인의 시를 소개해달라는 내용의 원고 청탁을 받았다. 언젠가 우연히 읽은 앤 섹스턴의 시가 너무 좋아서 시선집을 사 하나하나 번역하며 읽기 시작했다. 그때는 아직 앤 섹스턴의 번역 시집이 없던 터라, 한 편 한 편 얼마나 아끼며 읽었는지 모른다. 이걸 빠짐없이 음미하고 나서 얼마나 매력적인지 사람들에게 알려줘야지.

그녀의 시는 예민하고 냉철하게 미쳐 있었다. 그토록 세심하게 온갖 것을 강렬하게 느끼면서 냉철하려니 미쳐 있을 수밖에. 하지만 나는 이 소개 원고를 영영 쓸 수 없었다. 그

시집을 다 읽고는 결혼할 자신이 없었기 때문이다. 그 시들은 진짜 미쳤고, 덩달아 읽는 이를 기꺼이 미치게 했으며, 거기서 멈추지 않는다면 결혼처럼 세상 사람이 흔히 하는 그냥 좀 평범한 미친 짓은 할 수 없을 것이 분명했으니까. 앤 섹스턴 소개 원고와 가정생활 중에서 하나를 포기해야 했다고 그전에 누군가가 말했다면 나는 와, 이거 또 예술병자 나셨네, 웃으라고 하는 소리인가? 하고 생각했을 것이다. 하지만 앤 섹스턴을 읽어본 사람들은 이해하겠지. 읽고 나면 되돌릴 수 없게 된다는 것을. 나는 아직도 무서워서 맨 뒤의 몇 편은 지금껏 읽지 못하고 있다.

그러니까 사랑한다는 것은, 진지하게 읽는다는 것은, 책이든 사람이든 무서운 일인가 보다. 사사키 아타루가 말했듯, 진지하게 읽는다는 것은 본질적으로, 읽을 수 없는 것을 읽는 일이기 때문에. 다 읽고 나서 내가 어떤 사람이 될지 미리 결정할 수 없기 때문에.

그런 무서운 일들을, 우리는 읽고 쓰고 찢고 흘겨보고 오늘은 점심 때 뭐 먹었냐고 슬쩍 물어보면서 기적적으로 해나가고 있다.
　　여기, 그런 나 자신의 사례 연구 하나를 보탠다.

2022년 5월
정한아

차례

1

1

좋은 시절 무엇인가, 다른 질문에 대하여

인숙의 무릎:

왼손의 투쟁:
'좋은 시란 무엇인가'라는 질문에 대하여

시에 관해 생각하고 있으면 시가 나오지 않는다. 그것은 마치 오르가슴에 대해 생각하느라 전혀 감흥을 느낄 수 없는 애정 행위와 비슷할 것이다. 시는 아마도 반쯤 무의식적이고 집중된 행동의 일환이 분명하다. 이것은 처음 자신의 속엣말 무엇인가를 순전히 자발적으로 백지에 적기 시작한 시점을 떠올려보면 누구라도 수긍할 수 있다. 속엣말은 흔히 (기억과 상상을 포함한) 생각이거나 느낌이거나 이 둘의 혼합일 터이고, 생각과 느낌 양 끝을 잇는 선분 위 어딘가에 위치할 것이다. 그 스펙트럼의 어디쯤이 좋은지를 알고 쓴다는 것은 매우 곤란하고 불쾌한 일이다.

    게다가 '좋음'이란 얼마나 애매한 말인가. 그것은 개인의 취향에만 국한되는 '좋아하다'의 명사형('좋아함')이 아니라 객관적으로 훌륭한 상태의 진선미가 통합된 어떤 이데아와 관련되어 있을 것만 같은 느낌을 준다. 하지만 나는 절대시(絶對詩) 같은 것을 믿지 않는다. 만일 그런 것이 있다면, 그것은 다양한 시대와 지역에서 다른 버전으로 수정 변환되어 유통되었을 것이 틀림없다. 그렇다면 절대시라는 이데아의 원본은 여러 다른 버전을 생산했다는 사실 이외의 별다른 실체적 지위를 가지지 않는다. 아니, 그것만으로도 충분히 훌륭하다. 훌륭하지만, 그 돌출적 사건의 최초 모습이 박제된 가상의 상태로 우리에게 주어질 리 만무하다. 그 최초는 신비에 싸여 있기 때문에 유의미하다. 만일 그것이 우리 앞에 느닷없이 스스로를 드러낸다면, '단 한 편의 가장 위대한 시'라 주장하는 그것은 유일신교 원리주의자들의 신처럼 모든 변화를 이단으로 간주할 것이다.

✝

그렇다고 많은 사람이 '좋아하는' 것이 '좋은' 것이라고 이야기한다면 우리는 BTS와 〈오징어게임〉이야말로 가장 좋은 예술이라고 말해야 한다. 물론 "그보다는, 입맛이 잘 훈련된 사람의 혀끝에서 검증된 와인이 정말 좋은 와인이 아닐까요?"라고 반문하는 사람도 충분히 상상해볼 수 있다. 흄도 이미 〈취미 기준론〉에서 이런 이야기를 했다. 하지만, '문학의 귀족성'에 아련한 향수가 있는 나조차 이런 질문을 받으면 우선 다음과 같은 반문을 하게 된다. "상업주의가 불러온 자본주의 소비 대중 독재의 시대에 그 와인 감별사가 주류 회사의 로비를 받지 않았다고 당신은 어떻게 확신합니까?"

✝

단지, 나로서는 속엣말을 쓸 때 한 가지 원칙을 생각한다. 너무 멋지게 쓰려고 노력하지 말 것. 생각해보면 내가 좋아한 것의 대부분은 너무 멋지려고 노력하지 않았는데도 바로 그 때문에 멋졌던 것 같다. 이것은, 아닌데 기라고 하거나 없는 것을 있다고 꾸미거나 귀찮다는 이유로 쉬운 선택지를 확신해버리지 않는 태도에 관한 것이다. 김수영이 이야기한 시인의 양심이나 정직성 같은 단어들을 나는 이런 방향으로 해석한다. 이 원칙의 반대편에는 감상적인 나르시시즘과 객기, 수사로 승부를 보려는 흑심, 지나친 위선과 위악, 따라서 온갖 종류의 '-척'들이 있다. 아는 척, 있는 척, 잘난 척이 대표적인 '3대 척'인데 이런 '척'들은 자기를 포함한 세상 전체를 모독한다.

✝

이 '척'들을 방법적으로 채용하는 재기 넘치는 글에 대해서는, 그러나 솟아나는 애정을 숨기기 힘들다. '방법적인 −척'들은 '−척'이 뭔지 알면서, 알고 미워하면서 그 연기를 실제로 감행하기 때문이다. 물론 '방법적인 −척인 척'처럼 교활한 '−척'도 있다. 그런 글이나 사람이나 사건을 대하고 나면, 오랜 세월을 견딘 좋은 고전들을 비누 삼아 눈, 코, 귀, 입 및 온몸을 박박 문질러 세척해야 한다. (어라? 방금 무의식적으로 '좋은' 고전들이라고 말했다. 나는 이것을 '좋아하는'이라고 수정하겠다.)

✝

어쨌거나, 앞으로 올 '좋은 시'에 관해서 나는 이야기할 수 없다. 그것은 전적으로 미래의 소관이며, 시는 언제나 하나의 돌출적인 사건이고, 따라서 시의 효과, 그러니까 여하한 방식으로 시에 관해 논한다는 것은 언제나 사후적일 수밖에 없다는 점에서, '좋은 시'에 대한 절대적인 판단 기준을 갖는다는 것은 미래에 대한 월권이기 때문이다.

그러므로 나는 내가 '좋아해온' 시들에 관해서만 이야기할 수 있다. 우리는 언제나 (텍스트와의, 개인 간의, 세계와의) 관계 속에 있고, 우리가 충분히 자기 자신인 것은 언제나 이 관계 안에서 지속적으로 (아주 천천히라고 할지라도) 변화하고 있기 때문이리라. 이 사실을 충분히 숙지하지 않으면 아는 척, 있는 척, 잘난 척으로 자신을 연명해야 하는 끔찍한 자아의 내용 없는 단단함을 옹호하는 (척하는) 유아론자가 되어버린다.

✝

리처드 로티는 생각하는 단단한 자아에 대한 반대 입장을 극단적으로 발전시켜 '자아란, 문화의 코일에 불과하다'고 말한 적도 있는데, 스물두 살에 이런 입장을 처음 맞닥뜨렸을 때의 나는 이 말이 두려워 나의 '변하지 않는 자아'를 '더 잘' 방어하기 위해 그의 책들을 읽은 적이 있다. 이 독서는 결과적으로 나를 설득하는 과정이 되고 말았다. 나는 '본질'이나 '선험', '고정 불변하는 자아', '실체' 같은 단어들을 조심스럽게 회의하기 시작하여 마침내 '잠정적'이라든가 '당분간' 같은 어휘를 쓰지 않으면 마음이 놓이지 않는 개량주의자가 되어버린 것이다.

✝

그것은 오랜 습작 기간 동안 시를 쓰면서 내 손이나 몸이 이미 알고 있던 것을, 학교에서 온갖 정초주의적인 이론들을 습득하던 머리로 하여금 인정하게 만드는 과정이었던 듯도 하다. 그것은 키르케고르의 왼손과 오른손처럼—키르케고르는 온갖 회의적이고 미학적이며 유한자로서의 감각과 사유를 담은 책들과, 도덕적이고 종교적이며 이론적인 저작을 구분하여 '왼손 저작'과 '오른손 저작'으로 이원화했다—자기의 분열을 끝까지 벌린 다음, 그 분열에 눈감지 않고도 양손의 서로 다른 기능을 허용하는 흔치 않은 훌륭함의 실오라기를 발견한 기분이었다고나 할까. 어떤 연구자들은 키르케고르의 '왼손 저작'이 거대한 농담이므로 너무 진지하게 받아들이지 말 것을 조심스레 제안하는데, 그건 그가 은밀하게 '오른손잡이'임을 고백하는 언명이 아닐 수 없다. 하여간 키르케고르의 이원화 작업을 '오른손이 하는 일을 왼손이 다르게 하기'라고 하자. 이를테면 미국에서 태어나 트로츠키주의자인 부모 아래에서 야생 난에 대해 오타쿠에 가까운 취미를 가지고 있었던 언어철학자 로티가 트로츠키와 야생 난을 결합하려고 수십 년간 용을 쓰다가 마침내 자기 이름 옆의 괄호 안에 '철학자'라는 말을 지워주기를 요청했을 때, 그것은 대단한 용기를 필요로 하는 일이었을 터, 그의 용기 덕분에 나는 트로츠키와 야생 난을 종합하려는 지나친 정합성에의 요구를 의심할 수 있는 행운을 때맞춰 얻었던 것이다. 나에게 그것은, 이를테면 《롤리타》와 《독일 이데올로기》, 메탈리카 4집 앨범과 예수의 종합을 포기하는 일이었다. 포기하고도 죄책감을 느끼지 않는 일이었다. (그러고 보니, 《롤리타》와 메탈

리카,《독일 이데올로기》와 예수의 화해도 만만찮은 일이
다.)

✝

물론 이런 일에도 연습이 필요하다. 그리고 어떤 것들은 경
험의 절대량을 요구한다. 가령 시가 폭죽처럼, 얻어맞는 자의
신음처럼 마구 터져 나오던 1980년대의 시인들이 1990년
대 이후 겪어온 변화는 이런 용기를 요구하고 있었을 것이
다. 그 용기는 통증의 절대적인 경험이 구성해온 자신
의 단단함에 비례하는 어마어마한 무게를 의미했을 것이
다. 예컨대, 어느 날 문청이 되어 있는 것을 발견한 1991년
에 내가 닳도록 읽고 있었던 김정환의 시집《좋은 꽃》(민
음사, 1985)의 마지막에 수록된 〈맹서〉의 후반부와, 출간
당시에 읽은 시집《희망의 나이》(창비, 1992)의 서시인
〈첫눈〉의 도입부 사이의, (이해했다고 생각한) 어마어마한
상실감을 나는 20년쯤 흐른 후에야 실제로 체감했다고 생
각하게 된다.

　　피투성이 희망이
　　피투성인 채로 나를 바라고 있다는 뜻이다
　　잠깨어 돌아가자
　　잠깨어 돌아가자
　　안되면 몸이라도 팔자 걸음이라도
　　되자
　　절망은 아무 변명도 되지 못한다
— 〈맹서〉 후반부

　　처음 보았다
　　시청 분수대 위로 파란만장하게
　　눈이 내린다 누더기

소련연방이 해체된다 프라자호텔 위로
낭자한 것이 치솟는다 찬란하게
외투자락이 흩날린다 얼굴에
와 닿지 않고 몇십년 흔들리는 눈이
내리지 않고 허공에 외친다 오 나는
붙들 것이 현실밖에 없다

— 〈첫눈〉 도입부

　　〈맹서〉가 《좋은 꽃》에 수록된 시들 중에서 가장 '좋아하는' 시는 아니지만, "안되면 몸이라도 팔자 걸음이라도/ 되자"의 3중 의미 — '몸이라도 팔자/ 거름이라도 되자', '몸이라도, 팔자걸음이라도 되자', '몸이라도 팔자, 걸음이라도 되자' — 로 계속 읽다 보면 이 운산의 열도가 "절망은 아무 변명도 되지 못한다"라는 필연적 귀결에 필요한 연료임이 너무나 분명해서 머리에 펄펄 열이 나게 만들었는데, 몇년 후 시청 분수대 위로 내리는 눈을 보면서 해체되는 '누더기 소련연방'을 생각하는 시인의 비참은 또 어찌나 열렬했는지, 의도적 행갈이가 감각적 현실을 해체되는 신화와 연관 짓기를 포기하지 못하고, 터뜨릴 자기 울음소리가 무서워 장전된 눈물의 총신을 자기에게 겨누고 방아쇠를 만지작거리는 듯한 느낌을 받게 된다.

✝

'바깥의 대안이라는 신화'가 해체된 후에 '붙들 수밖에 없었던 현실'은, 그러니까, "하드록을 하면서 사회주의를 논하는 그에게/ 가난한 운동가요로 그냥 밀려온/ 나는 무엇으로 선배인가"(〈후배〉, 《희망의 나이》)라는 자문의 형태로 왔다고 해도 좋을까. 나는 왜 '좋은 시'에 관해 써야 할 지면에 1980년대 시에 대한 만가(輓歌)를 쓰고 있는 것일까. 그러니까, 무한에 대한 열망에 사로잡혀 유한자로서의 현실을 등한시하거나 일시적인 쾌락에 사로잡혀 영원을 배반하지 않기 위해 변화에 열려 있으려면, 아이러니하게도 자기 자신으로 존재하는 일에 자기도 모르게 집중하고 있어야 한다는 것, 자기 자신으로 존재하는 일에 자기도 모르게 집중하는 일이란 이제까지 사회가 나에게 가르쳐준 언어가 거짓일지도 모른다고 끊임없이 의심하는 일이라는 것, 내가 상상도 못 했던 어떤 일이 이 세계 어디에선가 일어나고 있을지도 모르며 그것이 나의 눈앞에 닥칠 사태를 다양한 방식으로 상상해야 한다는 것, 이 모든 것을 나의 오른손과 왼손의 화해와 투쟁을 통해 받아들여야 한다는 것을 나는 선배들의 시를 통해 배운 것 같다고 고백하고 있는 것일까. 때때로 나는 이 바깥(그게 소련연방이건, 율도국이건, 에덴동산이건)이라는 가정이 있던 시절의 윤리적 뚝심과 거기서 오는 감동과 초월적 보편자에 대한 믿음을 한없이 그리워하면서 고문하는 제스처를 취하고 싶은 것일까. 그러니까 아직 왼손이 오른손에 대해 가진 연민과 염오(厭惡)를 포기하지 못하고 있는 것일까.

†

역시 이 짧은 지면 안에 저간의 직접적이고 간접적인 경험들을 총괄하여 내가 좋아해온 시가 무엇인가를 이야기하는 것은 무리인 듯하다. 나는 이 이야기의 본론을 시작조차 하지 못했다. 윤리적으로도 선하고 인식론적으로도 올바르며 미학적으로도 아름다운 '좋은 시'는커녕 좋아해온 시에 관해서도 어느 것 하나 제대로 쏠 수가 없다. 적중되기 싫은 것이다. 적중되면 숨이 끊어질 것 같은 것이다. 적중될 리 없는 것이다. '보여줄 수만 있는 것'을 '말하려고' 하니 거짓과 허위가 되어버린다. 거짓말이다. 여기에 쓴 것은 어느 정도 진실이다. 하지만 그 입장이 오른손의 것인지 왼손의 것인지는 적시하지 않겠다. (이 글을 쓰는 내내 오른손의 협잡이 있었다는 사실은 괄호 속에 넣고 무덤까지 가져갈 것이다.)

2

2

심춘수 가장 인터뷰

— 일보 정론, 형성적 나사주의 비평론

김춘수 가상 인터뷰
— 업보 경찰[1] 행정관 나사루의 비망록

이 글은 도스토옙스키의 《카라마조프가의 형제들》에서 이 반이 알료샤에게 이야기해준 자신의 서사시 〈대심문관〉을 상호텍스트로 삼고 있는 김춘수의 시 〈대심문관〉을 다시 상호텍스트로 삼고 있으며, 플라톤의 영혼불멸에 관한 대화, 《국가》 제10권의 반향이 조금 스며 있다. 전기적 서술들은 모두 김춘수의 자전소설 《꽃과 여우》를 비롯한 그의 저술들을 바탕으로 재구성한 것이다.

---

1   영국 얼터너티브 록 밴드 라디오헤드(Radiohead)의 1997년 세 번째 정규 앨범 《OK Computer》에 수록된 곡 〈Karma Police〉에서.

돌아가신 김춘수 선생이 아라뱃길 산책로를 걷고 있다는 제보를 받은 것은 비가 제법 내리다 갠 4월 말의 어느 평일 낮이었다. 업보 경찰의 행정관으로서 내가 하는 일은 대개 많은 사람의 습관이 기록된 문서들을 분류하고 정리하여 그들의 운명이 어떻게 결정되었는지 간단한 조서를 작성하는 일이다. 하지만 래리 플린트의 분신이 미국 대통령 후보로 나선 뒤 도무지 그 이상한 장난을 그만둘 생각이 없는 것 같다는 제보를 받고 현장 감찰관과 심문관들이 모두 투입되어버린 통에, 할 수 없이 내가 현장 조사를 나가게 되었다.

제보가 들어오면 우선은 무조건 현장에 나가야 한다. 나는 서둘러 그의 사망 전 행적과 그가 남긴 흔적들, 그리고 그에 관한 증언들을 숙지해야만 했다. 그는 강변의 편의점 앞 파라솔 의자에 작은 몸을 기대앉아 있었는데, 무척 불편해 보였다.

김춘수⋯⋯. 그렇소. 그게 내 이름이었지요. 군이
나를 그 이름으로 부르니 새삼 다시 그때 그
사람이 되는 것 같군.[3] 되도록 사람 많은 곳은
피하려고 했소만. 누군가 그곳 사람이 근처에
있었던 모양이군요. 보시다시피 나는 위험인물이
아니요. 이, 나를 완강히 거부하고 있는 의자에
용기를 내어 앉아버린 단지 작은 늙은이에
불과하지. 피곤하지만 않았어도 이렇듯 딱딱한
의자에는 앉지 않았을 텐데. 내가 알고 있기로는,
자의가 아니더라도 이 세계에서 누군가 저승
사람을 강렬하게 생각하면 불현듯 재림하는 수가
있다던데, 내가 그런 경우가 아닐는지 모르겠소만.
그래도 하필 비 오는 날이라니, 유감스럽긴 하군.

나도 모르겠소. 이건 정말이요. 그건 생전의 내가
어째서 거기 그때 존재했는가 하는 물음에 답할 수
없는 것과 마찬가지요. 하지만 어쩌면 사라져가는
것들을 보기 위해서, 그리고 사라진 나를 추억하기

김춘수 선생 되십니까? 업보 경찰 행정관
나사루입니다. 사후 15년 동안 재림을 금지한다는
에레혼[2]과 이승의 평화협정을 위반한 혐의로 선생님을
모셔가야겠는데요.

규정은 알고 계시겠지요? 선생을 소환하는
신호를 받으신 것이 확실합니까? 조사하면 알게
되겠습니다만, 경위를 좀 설명해주시지요?

2   새뮤얼 버틀러의 소설 제목(Erewhon)에서. '유토피아'의 영어 직역이라
    할 '노웨어(nowhere)'를 거꾸로 쓴 뒤 'w'와 'h'의 순서를 바꾼 낱말이다.
3   〈꽃〉의 첫 구절을 연상할 수도 있겠지만, 의도된 것은 아니다.   33

위해서, 혹은 나는 나의 부재증명이었다는 것을
확인하기 위해서……. 벚꽃은 생각보다 빨리
졌군요. 마음 같아서는 통영 바닷가에, 그도 안
된다면 명일동에라도 가보면 싶었는데. 낯익은
것들이 모조리 낯설어질까 두려워졌습니다.
'할 수 있다면 모험을 해보자. 너무 위험하지만
않다면' 하는 마음으로 무언가에 홀린 듯이 강변을
따라오다 보니 여기까지 오게 되었소. 하지만,
이런 이유들은 모두 핑계에 불과할지도 모르지요.
사실은, 내가 지금 여기에서 무엇을 하고 있는가[4]
하고 지금 막 나에게 질문을 던지던 참이오.
어쩌면 이 질문에 대한 그리움 때문에 잠시 나오고
싶었을까.

뭐, 사전 조사가 있었을 테지, 배려해줘서
고맙소만, 나는 이제 세타가야 서에서 당한 굴욕에
관해서는 감정이랄까, 그런 것이 많이 누그러졌소.

선생이 위험인물이 아니라는 것은 알고 있습니다.
선생님의 생전 돌출 행동들도 그렇게 위험한 일들은
아니었으니까요. 또, 경찰과 관련해서는, 비록 이승의
일이긴 하지만, 안 좋은 기억이 있으시니까, 그걸
감안해서라도 고압적인 자세는 취하지 않을 겁니다.

말이 나왔으니 말입니다만, 그전에 감방에 계실 때,
선생은 재림한 이쪽 세계 사람들을 많이
만나셨더군요.[5]

---

4   자전소설에서 토로하고 있는 바에 따르면 이것은 평생 계속된 그의 형이
     상학적 질문이다. 현실 정치 개입 이후 후기 시들에서 이 질문은 '거긴 왜
     갔을까'로 변형된다.

5   무의미 시 실험의 극점에서 쓰인 것으로 알려진 그의 장편 연작시 〈처용
     단장〉에는 대표적인 아나키스트들의 이름이 무더기로 등장하며, 그러한
     장면들은 모두 세타가야 감방에서의 그의 체험과 관련해 있다.

그렇소. 내가 이승을 떠나기 전까지 나는
그게 모조리 꿈이라고 생각하고 있었지만, 내
무의식적인 강렬한 신호가 그분들을 불러냈던
게지요. 영문도 모르고 끌려가 일왕을 모욕했다는
혐의를 받은 데다, 그럴 이유가 없는데도
부두에서 하역 일을 했다는 것 때문에 배후
인물로 지목받았더랬소. 그도 그럴 것이 나는
고향에서 부친께서 보내주시는 두둑한 용돈을
받고 있었으니 고된 일을 하지 않아도 생활은
넉넉했으니까 말이요. 그러나 일종 어떤 부끄러움
같은 것이 있기는 했던 거지……. 그러나 이런 말을
하는 것도 부끄러운 일이 아닐지? 어쩌면 내가
유복한 집안에서 태어난 것은 그저 선물이 아닐까?
선물을 부끄러워하는 일이야말로 도덕적인 우위를
점하려는 오만이 아닐까? 역설적인 것은, 나는
바로 그 선물 때문에 굴욕을 당했다는 점이요.
굳이 인과관계를 따지자면, 작은 호기심 때문에
나는 그곳에 있었고, 아주 경미한 과오 때문에
갑자기 정치범이 되어버렸지. 거긴 왜 갔을까…….[6]
게다가 나는 육체적 고통에 취약했기 때문에 아주
간단한 초보적인 고문도 견뎌내지 못했소. 그들이
원하는 대로 불고 말았지……. 감방에서 억세게
살다 돌아간 그분들이 하나씩 나타나 '조선 사람은
무정부주의자가 되어야 한다'고 말씀하실 때마다
나는 절망했소. 나는 그럴 수 없다는 사실을
매일 나의 육체에 새기고 있었어요. 배고픔과
추위, 딱딱한 바닥의 냉기를 견디면서 나는 나를

미워했고, 살고 싶었고, 살고 싶어 하는 내가 또
미웠고, 역사를 미워했소.

그 사실이야말로 나를 일생 괴롭혔던 문제입니다.
나의 행복은 아무에게도 해를 끼치지 않는 종류의
것이었소. 그저 하늘을 바라본다든가, 어두운
영화관에서 몸을 숨기고 은막 위의 환상들을
만끽한다든가, 매일 아내가 끓여주는 차를 한 잔씩
마신다든가 하는 일상적인 것에서부터 무엇보다도
내가 잡아내고 싶었던 크고 작은 모든 존재자의
존재의 뉘앙스, 그 감각적인 국면들을 표현하는
것이야말로 최대의 희열이었지.

선생은 잠시 무표정하게 먹구름이 흘러가는 하늘을 바라보며 생각에 잠겼다. 그가 간간이 잔기침을 하는 것을 보고 나는 편의점 온장고에서 차를 하나 꺼내놓았다. 분위기가 침울해졌으므로, 무슨 이야기라도 해야 할 것 같았다. 선생은 잠시 휴가를 오셨구나. 누가 알아보지만 않는다면 문제될 것은 없다.

그렇다면, 선생은 혼자만의 삶을 갈구하셨던 것은 아닌가요? 태어난 이상 빽빽한 사람들의 그물 속에 들어가게 된다는, 누구나 다 아는 사실을 부정하고 싶으셨던 겁니까?

아, 하하. 그거……. 거긴 왜 갔을까. 변명으로
들릴지 모르겠소만, 나는 그 일을 울며 겨자
먹기로 했습니다. 고문에 굴복한 경험이 있는
사람이, 거대한 권력의 명령이나 마찬가지인
제안을 뿌리치긴 힘듭디다. 굳이 말하자면 내가
정치 놀음을 했던 것은 아니오. 잠깐 부업을
가진다고 생각했지. 내가 거기서 했던 일이
무엇이었나? 나는 계파에 줄을 서고 공천을
받으려고 눈에 띄는 사람과 밥을 먹고 하는 짓은
하지 않았소. 그건 나를 모욕하는 일이니까. 나는
북한 문학에 관한 자료를 수집하고, 문화 정책을
기획하면서 어차피 끌려온 거 뭔가 도움이 되는
방향으로 일하려 애썼단 말이오. 하나 그 일을
끝내고 학교로 돌아갔을 때 학생들이 대자보를
붙이고 나를 역사의 반동이라고 비난하더군.
'역사'라니! 역사가 무엇인지 알고들 하는
소리였을까?[7] 역사란 개인을 짓밟고 지나간 거대한
바큇자국이라는 것을? 하지만 이런 것은 변명에
지나지 않는 것처럼 들리리라는 걸 나도 알고
있소. 국회의원직을 수락한 것이 희생이었다는
뉘앙스가 거슬리겠지. 사실 나는 그 일 이후에
커다란 혼란에 빠졌소. 나는 나의 놀이를 그전과
같은 방식으로 계속할 수 없다는 사실을 깨닫게

그렇다면 어째서 갑작스럽게 정치 따위를 하셨던 겁니까? 그것도 군부 독재하에서 말입니다. 조사 중 가장 의아하게 여겼던 것입니다만.

되었으니까 말이오. 사람들이 요구하는 '정의'라는
것이 얼마나 많은 것을 누락하고서야 성립하는지
믿어지시오? 나처럼 글을 쓰는 사람은 말이오…….
늘 마지막에는 사람들이 듣고 싶어 하는 말을
써야 하는 게 아닐까 하는 유혹에 빠집니다. 어떤
이들은 사람들이 분노할 공간을 마련해주고
싶어 하고, 어떤 이들은 사람들에게 거짓 위안을
선사하려고 하지요. 하나, 나는 그 익명의 요구와
마주칠 때마다 내가 할 수 있는 모든 저항을 다
하려고 했소.[8] 왜 나는 나만이 아니고 그것들에
둘러싸여 비로소 나라는 존재로 있게 되는가?
억울하고 창피스러운 일이라는 느낌이 도무지
가시지를 않는 것이오.[9] 그 눈들, 그 눈들이
사방에서 나를 지켜보고 있다고 생각하면 견딜
수가 없었소.[10] 그러나, 그러므로, 시, 시만은
나에게 자유를 허용하는 가장 은밀한 놀이이고
구원이었습니다. 그런데 그런 비판을 사방에서
듣고 보니 억울하긴 하지만, 나는 과연 내게
무언가 잘못된 것이 있는 게 아닌가, 생각할
수밖에 없었지.

선생은 너무 소심하십니다. 어린 시절 학교에서
따돌림을 당해 우주를 개념으로 주무름으로써 세상
전체에 복수하려고 철학을 공부하기로 마음먹었던
어떤 철학자처럼, 선생께서 이후에 쓰신 그 많은
아나키스트에 대한 시와, 도스토옙스키를 빌려 쓰신

8   김춘수가 탐독했던 셰스토프의《도스토예프스키, 톨스토이, 니체》의 도입
     부에 인용된 벨린스키의 글에 대한 셰스토프의 해석.

9   김춘수,《시의 위상》, 아침나라, 1991 참조.

10   "천사는 온몸이 눈으로 되어 있다고 한다"는 구절은 그의 저작에서 되풀이
     되고 있는 셰스토프의 도스토옙스키론,《욥의 저울(In Job's Balances)》의
     인용문이다. 그러나 김춘수는 여러 곳에서 이 '무수한 천사의 눈'을 셰스토
     프의 맥락과는 관련성이 별로 없는 초자아, 양심 등과 관련짓는다.

완전히 부인할 수는 없소. '어떻게'보다는 '왜'에
관심이 가는 사변적인 기질에다, 그것이 작동하지
않아도 되는 유일한 영역인 시라는 공간에서
마음껏 놀게 하던 내 마음속 가장 순수한
어린아이가 돌이킬 수 없는 상처를 입은 다음에야,
나는 나대로 사람들에게, 나에게 무슨 대답이라도
해야 했으니까.

나사루 군, 군은 많은 것을 누락하고 있습니다.
시는 그렇게 간단하지 않습니다. 나는 시에서와는
달리 말이 많은 사람이오. 이 질문에 대한 답을
정말로 원하고 있는 거요? 감당할 수 있겠소?
나는 이 이야기를 시작하면 밤을 새울 수도
있소. 그리고 내가 했던 이야기들을 군이 꼼꼼히
살펴보았다면, 거기에 얼마나 많은 모순이 들어
있는지도 알 테지. 그 모순들이야말로 내가 말년에
도달한 '이율배반'[11]이라는 말로 요약할 수 있는
인간 비극의 실증들이요.

비극적 인물들의 고백은 혹시 선생 나름 세상에 대한
복수이거나 항변이었던 것입니까?

하지만 그 대답들은, 대답이라기보다는 질문에 가까워
보이던데요. '인간은 어디까지 표현할 수 있는가'가
인생 초반의 질문들이었다면 '인간은 어디까지 해도
좋은가'가 정치 개입 이후의 질문이지 않습니까? 그건,
뭐랄까, 선생 나름의 일종의 윤리적 반성인가요?

11   김춘수 생전의 마지막 시집 《쉰한 편의 비가》(현대문학, 2002), 〈책 뒤에〉
참조.

선생과 밤을 새우고 싶은 생각은 없습니다. 저도
퇴근을 해야 하니까요. 그리고 솔직히 말씀드리자면,
선생의 말씀은 약간 지루합니다. 역사며 존재며
순수시며 비극이며 그런 것들이 다 뭐랍니까. 이
이야기들은 언제나 선생 자신에게로만 돌아오지
않습니까. 선생께서 아무리 관대한 제스처를 취하고
감정을 탈색한 시를 쓰셔도 결국엔 그 모든 행위가
선생의 자기 연민과 그걸 은폐하려는 안간힘을
가리키는 것 같다고요. 게다가…… 하지만……
그래서인지 모르겠으나…… 선생은 그토록 장광설을
이야기하는 동안에도 너무나 외로워 보입니다. 선생은
누가 펼쳐 보지 않으면 그 이야기가 알려지지 않을,
표지가 썩 매력적이지 않은 한 권의 두꺼운 책과
같습니다. 그 책에는 같은 이야기들이 단어만 달리한
채 계속 반복되고 있는데, 자세히 읽으면 뒤로 갈수록
비극적인 실험 끝에 비로소 정념 같은 것이 이제
막 생겨나고 있는 그런 이상한 책이지요. 예민하고
똑똑한데 공상만 하고 있는 부잣집 소년이 너무 늦게
사춘기를 맞은 것처럼 말이에요. 선생 책에는 친구도
애인도 등장하지 않아요. 자기밖에 없어요. 알고 보면
칭얼대는 소리들뿐이고요. 반쯤은 철학 서가에 있는
존재론 서적 같고 또 반쯤은 무색무취의 하얀 여백으로
차 있는, 결말 부분에 약간의 변화가 암시되어 있는
그런 책 말이에요. 그런데 주변의 소문은 뭔가 의혹이
서려 있고, 선생 인생의 후반기는 그 소문 이후로는
혼자만의 고독하고 고통스러운 사고실험으로
채워졌지요. 선생에 관한 보고서들을 검토하는 것이
저로서는 아주 고역이었어요. ……그런데 어째서 차를
드시지 않는 겁니까? 아직도 기침을 하고 계시는데요.

맛이 고약합니다. 고양이 오줌 냄새가 나요. 차란
것은 전혀 실용적이지 않은 물건이요. 아무리
기침이 나와도 고약한 차를 마실 수는 없어요.

예수는 돌로 빵을 만들라는 악마의 유혹을
받았었지요. 40일이나 굶은 후에 말입니다. 저는
그게 예수의 환각이었을 거라고 생각해요. 예수는
돌로 빵을 만들고 싶었을 겁니다. 그가 그걸
거절한 건 그럴 수 없어서였을 거예요. 허기진
사람에게 빵을 권하는 건 일종의 시험입니다.

그건 당신의 말입니다.

해 아래 새것은 없으니까요. 내겐 늘 위대한
선배들이 있었고……. 그들은 힘과 의지로 늘

여전하시군요. 그럼 시장하실 텐데 찐빵이라도 하나
드십시오.

배고픈 사람에게 빵을 권하는 것이 이웃 사랑이지
어째서 시험입니까? 모욕하려는 것이 아닙니다.
선생이 심문을 받으면서 빵의 유혹을 받았다는 사실이
이제 생각나기는 합니다만, 방금 하신 말씀은 선생
자신의 얘기가 아닙니까?

그것도 패러디지요? 최후의 만찬에서 유다에게 예수가
했던 말이잖아요.

나를 압박했습니다. 이 시대는 나올 것이 모두
나온 시대입니다. 이젠 재조합밖에는 없어요.
요즘은 이걸 누구나 알고 있지 않습니까? 군은
낭만주의자로군?

그 질문이 프로이트와 융을 결별시켰다는 사실을
모르오?

늘 이런 식이셨군요. 선생과 사는 일은 분명 피곤한
일이었을 겁니다. 사모님과의 사이는 괜찮으신가요?

아, 선생은 도무지 배려라는 것을 받아들이실 줄
모릅니다. 선생은 사람을 사랑하지 않아요. 누군가가
선생을 소환했을 리 없습니다. 선생은 무단이탈하신 게
분명해요.

> 그때였다. 꽃잎이 거의 떨어져 푸른 잎이 무성
> 해지기 시작한 편의점 옆 벚나무에서 갑자기
> 새들이 날아올라 우리가 잠시 시선을 빼앗겼
> 을 때, 무언가 심상치 않은 것이 눈에 띄었다.
> 새둥지처럼 얌전하게 나무에 걸려 있던 비에
> 젖은 모자 하나가, 새들이 날아가는 바람에 나
> 무에서 떨어진 것이다.
> 　　순간, 선생의 눈빛이 날카롭게 빛나더니
> 작은 체구를 의자에서 빼내어 벚나무께로 걸
> 어갔다. 젖은 모자를 대충 짜서 털어 쓴 그의

표정은 한결 마음이 놓인 것 같았다. 그는 거대한 무(無)를 압축해 머리 위에 인 다음, 무가 빠져나가지 않도록 모자를 세심하게 눌러 쓴 채, 눈이 녹는 것처럼 사라지고 말았다.

이런 일은 처음이었다. 그를 간절히 불러낸 것은 그의 모자였던 것이다. 편의점 탁자에는 한 모금 마시다 만 차와 식은 찐빵이 놓여 있었고 딱딱하고 차가운 하얀 플라스틱 의자가 여전히 '앉아볼 테면 앉아봐. 하지만 나는 네가 나를 사용하는 것과 상관없이 너를 상관하지 않는다. 나는 그저 나다' 하는 표정으로 그 자리에 있었다. 이것을 나는 증명할 수 있을까? 사물이 사자(死者)를 불러냈다는 내 보고를 상관은 믿어줄까?

나는 이 문서를 사적(私的)으로 남겨 간직하기로 했다. 김춘수 선생에 관한 제보는 잘못된 신고였다고 보고해야겠다. 그렇지 않으면 일이 피곤해진다. 나는 업보 경찰 행정관 나사루다. 이런 일을 수백 년간 하다 보면 처음 생긴 일을 어떻게 처리하는지 알게 된다. 해결할 수 없는 일은 없었던 것으로 간주하는 편이 좋다. 하지만 왜 굳이 사적으로라도 남겨놓고 싶은 걸까? 도대체 나는 왜 여기서 이러고 있는 것일까? 우선 퇴근을 하자.

사랑의 궁리[1]

#1
침대가 오지 않는다

예기치 않은 총파업처럼 지금은 정지된 시간
아직 종말이 오지 않았을 때 우리는
모든 것을 내일로 미루곤 했지

지하철역에서 집까지 걸어오는 동안
도꼬마리 같은 기억들이 온몸에 달라붙어 도무지 떨어낼 수
없고
도꼬마리는 온몸에 스파이크가 있어
눈만 내놓은 사람들이
눈까지 가릴 수 있다면!
하는 표정으로 종종걸음 지나갈 때

언젠가 해변에서 마주쳤던
한 무리의 무슬림 여인들
모두 거의 벗고 있는 곳에서 눈만 내놓고 제트스키를 타던
자신만만하게 반짝이던 눈동자들
물보라 속에서도 손상되지 않은 프라이버시

1   이 시는 마감 시점에서 2년도 더 지나 편집자에게 도착했다고 전해진다. 본래 제목은 시의 전반부부터 집요하게 반복되는 침대 타령과 관련된 것으로, '침대가 온다' 정도로 짐작된다. 2019년 초에 쓴 것으로 보이는 일기 귀퉁이에 '침대가 온다'는 낙서가 있으므로 이 짐작이 터무니없는 것은 아닐 것이다. 아무튼 최종적으로 쓰인 '사랑의 궁리'라는 제목의 단초는 2011년 8월 18일 오전 9시 4분, 서효인 시인이 남긴 트윗에서 발견된다. "꿈에 정한아 시인에게 책 선물을 했다. 책 제목은 '사랑의 궁리'였다. 사랑의 궁리라니…… 책 가격은 9만 5천 원이었고, 3개월 할부로 샀는데, 나와서 영수증으로 보니 점원이 실수로 950원만 받았다. 난 속으로 기뻐하며 영수증을 찢어버렸다." 어느 시점에 이 트윗을 우연히 기억해냈고, '사랑'을 주제로 한 장시를 써야 한다는 곤혹에 시달리다가 일종의 시작(詩作) 입구로 이 제목을 사용하게 되었을 것이다. 아무튼, 처음에 구상한 '침대가 온다'는, 첫 시집에서 제목으로 사용할 뻔한 '타인의 침대'와 아무래도 주제적으로 연관되어 있다 할 수밖에. 플라톤 대화에서 이데아를 설명하기 위해 반복적으로 등장하는 "완벽한 침대"를 연상하면서 시인의 이상주의적 경향성을 언급하는 것은 평범한 인상 비평을 벗어나는 척하는 가장 피상적인 방법일지도 모른다.

사생활을 존중해주세요
팔을 휘둘러도 닿지 않을 만큼

여보, 지하철역에 지하철이 없었어 지하가 없었어 역이 없었어
아무도 없었으니까 다들 방역 중이고
미룰 일이 없고 미룰 일이 없는데도 무언가 밀리고 있다
기억하려 조금만 애를 쓰면 오래 묵은 때가 밀리듯이
지루할 정도로 긴 목록을 기억해낼 수 있지

고양이용 정수기를 꼼꼼히 세척하고 먹이를 쟁여놓는 일이라
든가

고양이와 놀아주기로 한 시간을 엄수하고 분리 불안을 사전에
방지하기 위해 일정 시간 무관심을 가장하는 일이라든가

점심은 무엇을 먹을/일까 저녁은 무엇을 먹을/일까 밥은 매번
짓는 게 좋을까 한 끼니에 반찬은 몇 개가 적당한가 하루나 이틀분
을 한꺼번에 짓는 게 좋을까 몇 년이 지나도 해소되지 않는 의문

청소기를 바르게 사용하는 올바른 간격은 마룻바닥에 먼지가
눈에 띌 때마다? 이틀에 한 번? 일주일에 한 번? 고양이가 있다면
일주일에 한 번으로는 감당할 수 없지

가능한 한 걱정스러운 모든 건강 문제에 영양제로 방비하는 것
이 좋은가 그 모든 건강기능식품의 다분한 사기성을 고려하여 순
전히 신선식품으로 건강을 도모하는 것이 좋은가

휴가는 여름에 갈까 겨울에 갈까 그도 아니라면 중간고사 기간
이 좋을까 기말고사 기간이 좋을까

안정된 직장 생활이 좋을까 굶지만 않는다면 최대한의 자유 시
간을 도모하는 것이 좋을까

일에 관해서라면…… 시에서 일 얘기까지 하고 싶지는 않군
(고양이를 배우자로 바꾸어 읽어도 무방하다)

시인과 주부와 연구원과 강사와 책벌레 어린이는 사이가 나빠
져버리고

이런 생각을 하는 그는 누구일까 분리되기 전에 몽롱한 전체였
던 그는 어디로
앙상한 그는 왜 있는 것일까 왜 없지 않고 여기에
초라한 사생활 따위를 지니고

비상한 상황에서 비상한 조치가 취해지고
그는 별로 비상한 인간이 아니라서
조만간 더 많은 밀린 일을
처음 해보는 일들을 해치우게 될 것이다
하고 싶은 일들이 없어졌어 할 수 있는 일들이 없어졌어
해야 하는 일만 남아서 어이,
이것이 삶이란 말인가

#2
이것이 삶이란 말인가

많은 사람이 다들 그렇게 산다고 말해주었다
살뜰했던 청년 시절 자취방에서 촛불 켜고 삼겹살 굽고 소주병
비우면서 자작시 합평하던
문학회 선후배들과 20년 만에 만난 지난겨울

집시법으로 구속됐다 복적하고 결국 졸업 못 한 은기 형은
학교 앞에 술집을 차렸다 은기 형, 석방되고 과사무실에서
한메타자 연습하던 은기 형, 후배 왔다고
쇠고기 다다키 만들어준 은기 형,
철학 공부하다 우리 중 가장 철학적인 요리사가 된 은기 형,
콧잔등에 늘 땀방울이 맺힌
은기 형한테라면 그는 혼나도 싸지만 경우에 따라

벨벳 장갑 속의 주먹처럼
사랑하는 사람들의 진부한 말은
부드럽고 펀치력이 좋다

여어, 다들 괜찮아 보이는걸
아직 종말이 오지 않은 것처럼

오랜만의 동문 회합에서는 다들 늙은 얼굴로
뭐야, 나만 빼고 다들 그대로잖아!
자기 자신을 조롱했지만

형아들아, 후배들아, 소원해진 친구들아
만나면 나는 아직도 스무 살처럼
사랑하고 실망하고 미워하고
그리워하기를 반복한다

이런 생각을 하다가도

#3
침대가 오지 않는다
하지만 오고 있겠지

방사능 기준을 통과했다는 일곱 겹의 매트리스를 얹고
수납 기능이 강화된 실용적인 새 침대가
헤드레스트에 조명 센서와 USB 포트가 있는 디지털 침대가
디지털 침대라니

그들은 보기 싫은 고동색 협탁과 신혼 시절 장만한 프로방스
풍 램프를 없앨 것이다
그리고 아직도 볼 때마다 약간은 설레는
할인가로 산 원목 화장대도
이 방에 슈퍼싱글 두 개를 들이기 위해
그것들은 어딘가 다른 곳에 가야 하니까 언젠가 다른 시간대로

어제는 언제 오는 것일까
침대는 어제로 오고 있다

붙여놓은 두 개의 슈퍼싱글

퀸은 너무 작아
그는 대자로 뻗어 자고 싶고 그는 살이 닿는 것이 싫고 고양이
는 굳이 침대에서 함께 자고 싶어 하기 때문에[2]
킹과 라지킹과 로열킹의 사이즈를 따져보고 그들은 결국
슈퍼싱글 두 개를 붙이기로 한다
여차하면 뗄 수도 있을

2 우리말에는 본래 '그녀'가 없었기 때문에 시인은 '그'와 '그녀'를 굳이 구분
   하지 않으려 했던 것 같다. 그러자 여기서 길고 긴 머릿속 논쟁이 생겨났
   는데 이 '그'와 '그'가 구분되지 않고 중성 지대에 머무를 수도 있지만 그들
   은 관습적으로 하나의 성을 가진 두 명의 인칭대명사로 쉽사리 연상될 수
   있으므로 애초에 자신이 떠올리는 장면을 왜곡할 위험이 있으나 결과적으
   로 이 왜곡이 시적 허용에 따른 더 넓은 상상의 확장을 유도할 수도 있을
   것이다. 그렇다면 시인은 자신의 의도와 상상을 정확하게 전달하고 싶은
   것일까 의도치 않은 우연한 상상의 가능성을 개방시킴으로써 모호하지만
   영감 고취적인 시를 쓰고 싶었던 것일까. 그러니까 이 인칭대명사의 선택
   에 관한 문제는 예술론에 대한 확고한 입장을 가지거나 가지지 않을 것에
   대한 요구를 불러온 다음, 영원한 강박상태에 화자를 묶어놓고 단어들로
   회초리를 때리고 각종 이미지들로 손톱을 뽑아 키보드에 아무것도 입력시
   키지 못하게 한 후…… 떠듬떠듬 말을 이어나가게 했을 것이다. 자기를 고
   문해서 자기 입을 닥치게 만들고 자기 언어에 상해를 입히는 이 끔찍하고
   도착적인 짓을 무엇이라 불러야 하나? ……시?

실용적이군 마음에 들어 엘리베이터로도 수월하게 옮길 수 있
을 거야
라고 말하기까지는 시간이 좀 걸렸다

잠든 사이 침대 위에서 벌어지는 영토 분쟁은 무의식적이고 대
담하고
간밤에 있었던 그 어떤 일에 대해서도 그들은 감정을 앞세우지
않는다
간혹 작정하고 잠들어 정말로 새어 나온 반쯤 기획된 잠꼬대에
대해서도
이 불편한 평온이 아니었다면 그들은 각자 건조하게 미쳐가고
있었을 테니까

한 쌍, 최소한의 사회
사랑, 최소한의 코뮤니즘

윗집은 4인 가구
서너 살 된 딸과 아직 갓난쟁이 아들이 있지
네 명 모두 밀도 있는 몸집이다 밤낮없이 세 사람의 발 망치가
머리 위에서 울리는데

#4
소리에 얼굴을 입히려고

아니야, 당신이 만난 갓난쟁이 아들을 안고 있던 서너 살 된 소

녀의 엄마는 우리 윗집이 아니라 그 옆집이었어
    그렇군 드디어 소리에 얼굴을 연결하고 있었는데 셋이든 넷이든
    뛰고 달리고 넘어지고 구르고 굴리고 악을 쓰고 악을 쓰니 또
악을 쓰고
    그 모든 소음은 인간적이지 않은가
    하나라면 나지 않을 소리들
    네 명의 슈퍼싱글

    어차피 우리는 이 세계에 꼼짝없이 갇혀
    자기 입냄새를 맡으며 견디고 있으니까

    침대가 왔고
    실은 어제 와 있었고
    내가 나간 사이 당신의 친구가 옛날 침대를 어디론가 날라 갔다
    마치 돌고 돌 것처럼
    남의 침대가 나의 침대가 되고 우리 침대가 되었다가 또다시
    남의 침대가 될 때까지

    돌고 도는 침대

    총파업이라기보다는 영원한 초과근무 같지만

    여어, 아직 다들 괜찮아 보이는걸
    아직 주말이 다 가지 않은 것처럼

    하지만 아무 때나 누울 수 없지
    아직 자러 갈 시간이 아니니까

자러 갈 시간은 언제 온단 말인가
도꼬마리가 깔린 침대에 누워
한밤에도 휴식은 없는 것

#5
아무리 축소해도 비유 가능한 공간

그들은 세계를 아파트에 비유할 수도 있을 것이다
위층과 아래층과 옆집으로부터
얼굴 없는 소음으로 가득 차 미칠 지경이지만
엘리베이터에서는 모범 시민처럼 웃으며 인사하는

어쨌든 우리식 인사에는 통성명은 없으니까
얼굴에 이름을 입힐 수도 없고

아냐, 그들은 세계를 집에 비유할 수도 있을 테지
그의 방과 또 다른 그의 방과 그 사이를 오가는 고양이가 있는

간혹 문을 열면
택배 천사들이 다녀갔다
충동구매한 것들을 다소곳이 놓아두고

그 모든 충동에는 지불할 대가가 있고말고요

저런, 그들은 세계를 침대에 비유할 수도 있다
어때, 그들은 슈퍼싱글 두 개를 붙여놓았고

그래, 싱글이 아니라 슈퍼싱글을
고양이는 그의 발치에서만 자고
저 녀석은 어제부터 세 살 청년이 되었고
어쩌면 좋아, 너는 슈퍼싱글 고양이지만
네가 탄 뗏목은 아슬아슬 떠다니는구나

떠다닌다는 말을 표류한다고 써도 더 시적이지는 않았다

날아다닌다고 쓰면 거짓말이 되었다

가라앉는다는 말은 여전히 쓸 수가 없고

#6
뉘앙스로 남은 황홀과 불안

부흥회에 간 엄마와 술 취한 아빠 들
혹은 고장 난 아빠와 집 나간 엄마 들

처음 본 디지털 침대 위에 있다
우리는 각자 함께 견딜 것이다
자다가 팔다리를 휘둘러도
아무도 다치지 않을 곳에서

한 쌍, 최소한의 사회
사랑, 최소한의 코뮤니즘

상상 속의 방청객
웃음이 물거품처럼 터지고
꺼지는 곳에서

완벽한 침대는 아직 오지 않았다
침대가 오고 있다
영원히 오고 있다

#7
언젠가 도착한다고 가정하는 것이 옳겠습니까?

폐쇄된 기차역처럼 오래된 상상을 소비하는 것이 좋겠습니까?
오래될수록 좋지요, 적어도 오래돼 보일수록 좋습니다
추억처럼 보이는 것을 위해 사람들은 대가를 지불할 테니까요

본 적 없는 것을 추억이라 명명하는 것은 본 적 없는 것에 대한
모욕이 아닐까

하지만 희한하게도 디지털 침대는 이미 여러 번 본 것만 같아
가스펠록이라든가 자율학습이라든가 자기주도학습, 연구윤리,
공정경제, 뉴트로, 뉴노멀 같은 낱말에서
모순조화를 살아내는 인간의 지겹도록 갱신되는 삶
달려라, 달려! 채찍과 당근의 나날

제3의 멤버가 다가와 이 코뮤니즘은 복잡해진다
꼬리와 송곳니를 가진 제3의 멤버

완벽하다지만 균형이 잡힐 때까지는 휘청거린단 말야
알코올램프가 아래에 놓여 있는 삼발이라든가
거기 석면 위에 빈 플라스크가 놓여 있다든가
바퀴 하나가 빠지기 직전인 낡은 세발자전거라든가
그때까지 두발자전거를 배우지 못했다든가
셋 중 하나가 집을 나갔다든가
셋 중 하나가 하나를 더 데려온다든가

영원한 투쟁 상태를 받아들이려는 순간 평화로운 종합을 상상
하게 된다든가
아버지와 아들로 계속될 줄 알았던 지상에 비둘기 모양의 성령
이 내린다든가
사랑하는 한 쌍이 사랑을 나눌 때 이아옹
사실 그들을 바라보고 있는 또 다른 시선 이아옹
미래에서 보내진
아직 과거로 소거되지 않은
이아이아옹

여보, 침대에선 제발 다른 사람 얘기 좀 하지 마
같은 대화를 상상하면서

그들은 모두 입을 닥치고
묵묵히 자신의 전화기와 마주 보고 있다
걱정 마, 우리 사이엔 아무도 끼어들지 못해
물론이지, 이건 디지털 침대니까
네 개의 USB 포트를 가진

(〈엑시스텐즈(eXistenZ)〉는 리메이크돼야 할 거야)

거리두기를 통해 우리는 서로의 불쾌한 사연에 감염되는 것을
사전에 예방할 수 있습니다

계모 같은 친모를 가진 사람이 계모 같은 친모를 비로소 친구
로 만들었는데
진짜 계모가 계모 같은 친모 노릇을 하게 된다면?
친모든 계모든 친구든 원수든 선을 넘으려 한다면

마스크를 쓰고
2미터 이상 떨어지면 된다

도꼬마리가 깔린 디지털 침대에서
오른쪽으로 누웠다가
왼쪽으로 누웠다가
쪼그려 누웠다가
대자로 누웠다가
엎드려 누웠다가
새우잠을 자다가

요기처럼 단련되면서
인칭과 시제를 바꾸면서
시계꽃을 삼키면서

다행이야 내 선에서 끝나다니
이 시가 완성되면 가족끼리 읽는 것은 금해야겠어

가족끼리……
시를……
……?
ㅋㅋㅋㅋㅋㅋㅋㅋㅋ

#8
그러다가는, 생일에 혼자 공동묘지를 헤매게 된다

순전히 우연히 들어간 가을의 오솔길
사람 없는 길을 따라
평화로운 봉분이 하나둘 나타날 때
해는 높이 솟아 마른 풀에 내려앉고
바스락거리는 상수리나무 잎사귀와
사마귀와
마귀와

사박사박
적막한 산중 묘지
죽은 잎들을 밟고 갈 때
하늘은 그럴 수 없이 푸르고
풀이 무성한 봉분마다 아우성치는 침묵
헤매고 헤매고 헤매고 헤매다

모든 경사는 멀리 돌아 올라가야 한다는 사실을
너무 멀리 올라가면 돌아가기 힘들다는 사실을

잊고 싶어 발걸음을 재촉하지만

불룩 솟은 흙더미를 지나면
볼록 솟은 흙더미
올록볼록 나타나는 생의 과속방지턱들을
걸려 넘어지게 하는 우연한 말줄임표들을
두 발로 네 발로 넘어지고 미끄러지면

접근을 경고하는 군부대를 만나고
사람 없는 텅 빈 학교를 지나
겨우 인간의 마을에 돌아와

도꼬마리처럼 들러붙는 기억
스파이크가 달렸으니까
갈고리가 달렸으니까

툭툭 털어낼 수 없는

#9

혼자 산에 가는 것은 어릴 적 습관이었지요
처음 혼자 간 산은 여섯 살 때 봉천동 뒷산이었습니다
거기서 아카시아꽃이며 진달래를 먹었는데
누가 가르쳐준 것인지는 모르겠어요
어느 늦봄 저녁 산에서 돌아와
집으로 가는 철제 계단에 올라

석양을 바라볼 때
계단 옆 수로엔 아빠 허리띠만 한 뱀 허물
1층 정수네 집에선 딸기 졸이는 냄새

뱀은
추운 몸으로
산에 잘 돌아갔을까요?

배수로 시멘트 바닥에 놓인 그의 낡은 옛 몸은
바삭하게 잘 말라 아무렇게나 벗어놓은 옷 같았지요

새 피부를 가지게 되었을 뱀
지난날을 기억하더라도
아무 상관하지 않을 뱀

— 너는 왜 혼자 그러고 있니?
— 내 시간은 모험으로 가득해요
— 너도 혀가 두 갈래구나
— 진실은 하나 이상이라서

열 살 때인가는 이런 일도 있었습니다
눈이 많이 내리고 며칠 뒤 올라간 증산동 뒷산은
헐벗은 키 큰 활엽수들로 하늘이 텅 비어 있었는데요
산 중턱 눈 쌓인 공터에
삽 한 자루
하이힐 한 짝
손바닥만 한 개 발자국

점점이 뿌려진 핏방울

그 길로 나는 사람 사는 마을로 내려가 다시는 혼자 산에 오르지 않으리라 결심했습니다

상상1: 하이힐을 신은 여자가 개를 끌고 산에 올라 삽자루로 개를 때렸을 경우

a. 개가 아랑곳하지 않고 덤벼 여자는 하이힐 한 짝이 벗겨지면서 달아났다

b. 개가 아랑곳하지 않고 덤벼 여자는 하이힐 한 짝을 벗어 개를 찍었다(하지만 그러기에는 하이힐이 너무 깨끗하고)

상상2: 개를 부리는 사람이 하이힐 신은 여자를 데려와 삽자루로 여자를 때렸을 경우

a. 그 사람이 여자를 계곡으로 굴리는 사이 하이힐 한 짝이 벗겨져 떨어졌다(하지만 눈 위엔 다른 발자국이나 구른 흔적이 없고)

b. 하이힐 한 짝이 벗겨졌지만 여자는 필사적으로 달아났다(그렇다면 개는 여자를 쫓아가지 않았다 개 발자국은 한곳에 몰려 있었으니까)

최소한 개도 여자도 그곳에서 암매장되지는 않았다
언 땅을 파헤친 흔적은 없었으므로

며칠 뒤에는 천변에서 그을린 개를 보았습니다
진실은 최악을 면했습니까?

그 산 중턱에 지금은 거대한 아파트 단지가 있다

허물을 벗은 뱀은 그늘에서 잠시 쉬다가
아 개운해
하면서 도로 산으로 올라갔을 것이다

10

그러다가는, 생일에 혼자 공동묘지를 헤매게 된다

가까운 곳에 오지가 너무 많구나
저 계곡을 굴렀다면 나는 실종자가 되었겠지
그리고 몇 달이나 몇 년 뒤 탐사 프로그램에서 나를 다루었을
것이다

― 평소와 다른 말이나 행동은요?
― 유서를 남기는 경우는 사실 매우 드뭅니다
― 너무 큰 침대를 집에 들인 것과는 아무 관련이 없을까요?
― 원한을 산 적은요?
― 어째서 넷플릭스 시청 목록에 범죄 다큐멘터리가 즐비한지
설명해주실 수 있습니까?
― 아내의 통장 비밀번호를 모르신다고요? 어떻게 그럴 수가

이름 모를 작은 산의 계곡에서
이름 모를 작은 신의 혼곤한 잠 속에서

검정파리가 되고 딱정벌레가 되고 송장벌레가 되고 쥐며느리
가 되고
족제비가 되고 삵이 되고 들개가 되고 황조롱이가 되어

정강이뼈는 이쪽에
손가락뼈는 저쪽에
아 개운해
지구라는 커다란 침대의 일부가 될 때까지

사생활을 존중해주세요
팔을 휘둘러도 닿지 않을 만큼

진실은 최악을 면했습니까?

#11
그렇게 새 침대가 도착해 있었다

여어, 다들 아직 괜찮아 보이는걸
아직 재난이 오지 않은 것처럼

그러게 그 오솔길엔 왜 들어갔어
허물은 도대체 어디다 벗어두고

우리는 어쩌면
작은 신이 거듭 꾸는 악몽, 그렇다면
객사할 신에게 기도를;

우리는 우리의 식욕과 오만 때문에
일용할 고통을 너무 오래 삼켰으니
애통해하며 옷을 찢고 재를 머리에 써도

어쩔 수 없는 자기 자신일 때
오래 삼킨 고통은 언제쯤 양질전화하겠습니까

그러면 진정한 슈퍼싱글
하느님은

같이 앓는 게 어디냐
다 게워내고
텅 비어서
빛나라, 빛나라

하고
문지방을 가볍게 건너
아 개운해
손을 흔들고 사라진다

(그런데 그는 사실 중환자다
누가 그의 이마에 손을 짚고
뺨에 입술을 맞추어주는 것이 좋겠다)

로메인의 기록들과 이몽타쥬는 실종에 대한

기저 심의 결과,

1   이 글은 〈업보 경찰 행정관 나사루의 비망록〉과 마찬가지로 라디오헤드의
     앨범 《OK Computer》에 수록된 곡 〈Karma Police〉와 1872년에 출간된 새
     뮤얼 버틀러의 소설 《에레혼》에서 몇 가지 주된 모티프를 얻었다는 점을
     밝혀둔다. 원한다면, 컬처 클럽의 〈Karma Chameleon〉과 몇 가지 민담 및
     도시 괴담을 참고할 수 있으며, 콜린 윌슨의 《정신기생체》는 참고해도 좋
     고 안 해도 좋다. 잔혹한 사건으로 인구에 회자된 '사령 카페'와는 아무런
     관련이 없다.

도예인의 거듭되는 악몽과 실종에 대한
가설 심의 결과[1]

제 9406301호

날짜: 2021.03.08.
수신자: 수신자 참조(업보 정보 공개 청구인 신선비)
(경유)
발신자: 에레혼 연방 업보 경찰 북반구 가설부 심의과

---

1. 귀하의 무궁한 발전을 기원합니다.

2. 귀하께서 문의하신 도예인(ㅋ8014359)의 에레혼 전입 여부
   는 확인되지 않았습니다. 실종에 대한 업보 정보 공개 청구에
   관한 자세한 내용은 아래 첨부한 문서를 확인하십시오.

3. 청구인을 비롯한 정보 열람자는 업보 정보의 수집 경위와 공개
   범위에 관해 공식적으로 불문에 부칠 의무가 있으며 비공식적
   인 추가 공개 요청 사항이 있을 시 담당 사무관에게 문의하기
   전에 충분한 숙고를 거쳐야 합니다.
   　　　사무관을 호출하려면 그리니치 표준시 14:00에서 17:00
   사이 창문을 완전히 가리고 방문을 30센티미터 열어놓은 방에

2   2016년 당시 나사루는 단순히 전입자들의 생전 서류를 검토하고 정리하
     는 전입/전출계였지만 지금은 140년 만의 보직 순환에 따라 가설 심의 업
     무를 맡고 있다. 나사루는 300여 년의 역사를 자랑하는 비이성 대학 가설
     학과에서 시와 가설언어 호환에 관한 연구를 하며 석사과정을 수료한 전
     력이 있기 때문에 아무튼 직무 관련성을 인정받았다. 그가 최종적으로 학
     위를 취득하지 못한 것은 그의 논문이 '자기 경험치에 어울리지 않게 실패
     를 지나치게 두려워하여 거의 보라색에 가까운 불안이 읽히고, 따라서 가
     설에 전반적인 패기가 부족하다'는 이유였다.

     그는 여전히 잔업이나 야근, 휴일 업무 등의 불운으로 인해 흑흑업을 쌓게
     되는 상황을 가장 두려워하며 퇴근 시간을 가장 좋아한다. 퇴근 시간의 쾌
     락을 거듭 경험하려고 취직하는 평범한 보통 에레혼 사람들의 평균치에서
     크게 벗어나지 않는다.

     에레혼의 모든 공무직 노동자들과 마찬가지로 나사루도 주 5일 하루 세
     시간의 집중적인 노동 시간을 엄수한다. 그 이상 자신의 업무에 집중하는
     경우는 일과 취미가 일치하는 드문 경우인데, 이럴 경우에도 주변 사람들
     에게 '일을 너무 많이 해서 말이 안 통한다'는 평가를 3회 이상 듣게 되면
     의사와 면담하고 장기 유급 휴가를 신청할 의무가 있다.

     이것은 300년 동안의 에레혼 노동조합 투쟁의 결과로, 인간이 하루에 최
     대한도로 집중할 수 있는 시간은 실제로 세 시간에 불과하다는, 모두가 다
     아는 경험적 사실을 시스템 전체가 받아들이기까지 관료 체계와 고용주들
     의 만만찮은 저항이 있었음을 미루어 짐작할 수 있다.

서 거울 앞에 촛불을 켠 상태로 15센티미터 이상의 칼을 날을 바깥으로 향하게 하여 입에 물고 자기 고유 음조의 노래(트로트와 군가, 컨트리음악을 제외한 모든 장르 가능)를 20데시벨 이하의 허밍으로 부르십시오.

4. 문서 열람 전 다음 사항에 동의 여부를 표시하여 가까운 복숭아나무 가지에 걸어주시기 바랍니다.

본인은 허위 또는 불순한 동기로, 그리고 업무 외 시간에 인력을 호출하거나, 동의서를 회신하지 않고 문서를 열람할 경우 백백업(白白業) 3카르마가 차감된다는 점을 인지하였습니다.

(필수)   동의 □   동의하지 않음 □

북반구 가설부 심의2과 실종 관련 업보 정보계 담당 심의관
나 사 루[2]

—— 아 래 ——

다음은 청구인이 제기한 업보 정보에 관한 청구 내용이다.

현재 가출 신고에서 실종 신고로 전환된 청구인의 동거인 도예인은 2020년 10월 말경부터 실종 직전인 2021년 2월 초까지 수차례 악몽을 꾸고 식은땀에 젖어 깨기를 반복하였다.

악몽의 첫 번째 사례는 못 본 지 오래된, 평소 경멸감을 느끼던 지인이 등장해 혐오스러운 조언을 해준 것이며,

두 번째 사례는 못 본 지 오래된 지인'들'이 등장하여 뜻 없는 분주한 행동으로 도예인의 평화를 방해한 것이며,

세 번째 사례는 도예인의 모(母)가 집요하게 초인종을 누르며 화를 내다가 용서를 구하기를 반복한 것이고,

네 번째 사례는 교복을 입은 여학생이 겁에 질린 얼굴로 알 수 없는 말을 도예인의 면전에서 외쳐댄 것이다.

이런 이야기들을 청구인에게 전한 얼마 뒤 도예인은 2월 초 미귀가하여, 청구인이 가출로 신고하였으며 열흘 뒤에는 실종으로 전환되었다.

본 청구인은

1. 도예인의 에레혼 전입 여부를 확인해줄 것을 요청하며,
2. 갑작스럽게 연쇄적으로 꾸게 된 악몽과 실종 사이의 관련성에 대한 업보 경찰 측의 가장 납득할 만한 가설의 정보 공개를 청구한다.

〈 답변 〉

본 심의관은 악몽이 시작된 시기와 관련된 내용을 조사하던 중 몇 가지 유형의 가설에서 다음과 같은 결론에 이르게 되었다.

3   KDC[업보 정보 중앙청(Karma Data Central)]는 에레혼의 엄격한 관습법에 따라 수기(手記)로 모든 자료를 처리하고 있으며, 다행히도 에레혼의 엄청난 인구수 덕택에 주판 이상의 인공적 계산 기기의 도움은 필요로 하지 않는다. 에레혼 거주민의 대부분은 공공기관에 소속되어 있으며 글씨를 깔끔하게 쓰는 사람의 진급 속도가 가장 빠르다. 진급자가 발생하면 동료들은 의례에 따라, 백백업을 잃기 쉬운 상태가 된 것에 심심한 위로의 말을 건네고 〈업보 카멜레온〉의 후렴구 "업보 업보 업보 업보 업보 카멜레온/ 왔다 가는구나 왔다 가는구나"를 합창한다.

4   2010년 2월 11일자《텔레그래프》에 의하면, 레스터 대학 연구진이 155명의 도둑 발자국을 분석한 결과, 100명 중 52명은 '리복 클래식(Reebok Classic)' 운동화를 신었다.

이 연구는 노샘프셔터주(州) 지역 주택에 침입한 도둑들이 주택 안과 밖에 남긴 신발의 상표를 분석한 것으로,《폴리스 리뷰》에 게재됐다.

노련한 도둑일수록 부드럽고 가벼운 신발을 신는 것이 특징인데, '리복 클래식'은 도둑이 주택에 침입할 때 소리 없이 살금살금 기어들어갈 수 있는 최적의 조건을 갖추고 있는 것으로 나타났다.

또 연구진은 무직 상태의 범죄자가 유직의 범인보다 평균 3만 4,000원 더 비싼 운동화를 착용할 확률이 높다고 밝혔다. 전자는 절도 행위를 할 때 평균 12만 1,000원짜리 운동화를 신지만, 후자는 평균 8만 7,000원짜리를 신는 것으로 나타났다. 비싼 신발일수록 더 편안하다는 게 연구진의 설명이다.

레스터 대학에서 박사과정을 밟고 있는 매튜 톤킨 씨는 "운동화 가격이 1파운드(약 1,800원) 비싸지면 사회 수준과 경제적 박탈감은 0.7퍼센트씩 증가하는 것을 발견했다"고 말했다.

이처럼 절도에 최적화된 가볍고 부드러운 신발은 등산에는 부적합하므로, 도예인은 애초에 등산의 목적이 있었다고 가정하기 힘들다.

1. 조사 초기 가설

주지하다시피 에레혼의 최고 관습법에서 명하고 있는바, 불운은 가장 커다란 악덕에 해당하며, 많은 사람이 자신이 태어난 시기에 체력 손실과 우울을 경험하여 불운을 불러들이고 흑흑업(黑黑業)을 쌓는다는 통계적인 사실에 입각하여 1차 조사를 시행하였다.

모든 것은 2020년 10월 말, 도예인 씨가 자신의 45세 생일에 잘못 들어선 등산로에서 공동묘지로 들어가 빠져나오지 못한 채 한 나절을 헤매면서 시작된 것으로 추정된다.

당일 해당 묘지 주변에서 기록된 업보 파장 수치 기록을 오세아니아 업보 정보 중앙청[3] 기록부에 업무 협조를 받아 열람한 결과 비정상적으로 많은 뱀의 탈피가 일어나다가 특별히 건조한 대기 탓에 많은 경우 중단 혹은 탈피 실패가 관찰되었으며, 관리되지 않은 봉분들을 둔덕으로 오인하여 밟고 넘어 다닌 3, 4인의 발자국이 발견되었다. 이 중에는 245밀리미터 사이즈의 리복 클래식 운동화[4]가 포함되어 있는데, 다른 족적은 등산화여서 구별된다. 이 운동화는 도예인의 것으로 판명되었으며, 이 같은 사실은 본래 등산 계획이 없던 도예인이, 어떤 우연한 기회로 산중에 들어와, 미래의 업신(業神)으로 거듭나기 위해 탈피 중인 업신 후보생들의 유례없는 열띤 경쟁의 현장을 부지불식간에 훼손했을 가능성을 암시한다.

이 등산로 주변에는 네 개의 공동묘지가 명확한 표지 없이

5 에레혼 사람이라면 누구나 현세에 태어나기 위해서는 태어나지 않은 자의 세계에서 모든 우연한 위험을 감수할 것을 결심하고 영생까지 포기하고서 자기의 목숨을 끊어야 한다는 사실을 알고 있으므로 이 같은 기술(記述)은 엄밀히 말하면 어불성설이지만, 순전히 수사적인 표현으로 양해하기 바란다. 한편으로 태어나지 않은 자들의 세계에서 이 세계로 건너올 때에는 판사 앞에서 이전의 기억을 지우는 데 동의한 상태여야 하기 때문에 현생의 사람들은 자기 의지로 왔으나 이 사실 자체를 잊고 왔다는 점을 또한 고려해야 한다. 그들은 대개 잊어버린 기억으로 인해 탄생 자체를 우연으로 생각하기 때문이다. 그러나 성장 과정에서 사람들은 이전에 알던 것을 하나씩 기억하게 되는데, 정작 '기억한다'고 생각하지 못하고 '배운다'고 생각한다. 이 기억 능력은 생일에 극대화되어 자신이 태어난 날이 다가오면, 아는 것 같은 느낌을 주는 모르는 장소에 관한 꿈을 꾸거나 데자뷰 현상을 유난히 많이 경험하게 된다.

'무지한 자가 행복하다'는 격언은 여기에서 비롯된 것으로, 취약한 상태인 자신의 생일에 본인으로서는 부조리한 경험들을 심신에 겪게 되므로 날짜를 세지 않을 만큼 평온하고 적당히 둔감한 상태에서 오늘을 어제처럼 사는 사람이야말로 흑흑업의 위험에서 멀어진다는 뜻이다.

인접해 있으며 상시적인 관리가 이루어지지 않고, 길과 길 아닌 곳의 구별이 없는 데다, 출입구 안내도 부실하여 초행인 경우 한번 들어서면 안내인 없이 빠져나가기까지 적잖은 곤란이 예상된다.

도예인은 취약한 일자에 이 묘역 주변을 대략 세 시간 정도 헤매다 가파른 협곡에서 미끄러져 지도에 없는 군부대용 도로를 통해 빠져나왔다. 지병이라는 불운을 이미 달고 넘어지며 자잘한 불운들을 더 쌓으면서, 대낮이었으나 사람이 없고 적막한 데다 사연 많은 봉분이 많아, 너무 많은 남의 사연에 쉬이 감염되었을 수 있다.

2. 가설 지지 추가 업보 정보

입수한 정보 자료와 청구인의 진술을 종합한 결과 우리는 다음 몇 가지의 사항이 주된 가설을 구성한다고 판단하고 있다.

— 태어나지 않은 자들의 세계와의 밀접 접촉
— 업신의 개입
— 사령(死靈)과의 안전 이별 실패

1) 도예인은 다른 많은 사람과 마찬가지로, 자신이 태어난 날을 기억하지 않으려 너무 애쓴 나머지 결코 잊지 못하는 불행한 제자리 뛰기를 40회 넘게 해온 사람이다. 도예인은 세상에 나오고 싶었던 적이 없(다고 생각하)기 때문이다.[5] 도예인이 예정일을 2주나 넘기고도 태어날 생각을 하지 않

아 유도분만으로 끌어내졌을 때, 도예인이 세상에서 느낀 첫 번째 감정은 귀찮음이었다.

많은 것을 포기하고 태어나기로 했으면서 귀찮아한다는 것은 모순적으로 생각되지만, 아주 드문 현상은 아니며, 이것은 자신의 행위 이후의 결과물에 대한 너무 많은 애정과 혐오의 착종에 기인한다고 여겨진다. 이것은 왕왕 마감일을 앞둔 작가들이 느끼는 감정과 유사하며, 이들은 자신의 결과물이 설령 인쇄되거나 공개된다 해도 이를 실제로 마주하는 일 역시 미루기 일쑤다. 이들은 자신의 상태를 무기력, 혹은 게으른 완벽주의라 부르기 좋아하지만, 역시 가장 단순하고도 우세한 감정은 그저 아무것도 하기 싫은 느낌이다.

2) 도예인에게 남아 있는 생일에 관한 기억 중 가장 먼 것은 아홉 살 때이다. 바꿔 말해, 이때까지 도예인의 생일에 기억할 만한 다른 일이 별달리 일어나지 않았다는 뜻이다. 전년도에 정식으로 이혼한 도예인의 모가, 부와 함께 거주하는 도예인에게 몰래 연락하여 부가 부재한 낮 시간에 같은 반 아이들을 부르게 하여 생일잔치를 베풀어주었다. 아이들 10여 명이 참석하여 도예인의 모가 요리한 궁중떡볶이를 그릇까지 빨아먹었다.

밤늦게 귀가한 부는 눕히면 눈을 감고 세우면 눈을 뜨는 인형을 도예인에게 선물했다. 영업부 직원이었던 부는 현관을 들어설 때 주귀(酒鬼)로 변신해 있는 경우가 드물지 않았다. 인형은 갈색 곱슬머리에 붉은 리본을 달고 하얀 앞치마를 두른 붉은색 원피스를 입고 있었다. 따라 하면 분명 얼굴이 아플 것 같은 미소를 그치지 않았다. 긴 속눈썹

6   MBC 〈수사반장〉 1983년 11월 10일 방영분. '검은 신사단'은 홍길동처럼 범죄자 잡는 범죄자 유형으로, 범죄조직임에도 불구하고 항상 양복를 말끔하게 차려입고 훌륭한 매너를 고수하려 했다. 사람들은 범죄성 여부보다 매너에 집착하는 흔한 착오를 생각보다 자주 저지른다고 생각되며, 이것은 '옳고 그름'의 판단에 선행하는 '멋짐'의 표면적 승리를 의미한다.

이 달린 눈꺼풀이 감겼다 올라가는 것을 보려고 도예인은 여러 번 인형을 눕혔다 일으켰지만, 그뿐이었다. 가끔 한쪽 눈만 뜨고 있을 때는 인형을 흔들어야 했다. 인형은 눈을 감았을 때도 미소를 짓고 있었다. 웃으면서 자는 사람이 어딨담. 도예인은 비현실적인 인형이 낯설고 소중했던 나머지 옷장에 넣어놓았다.

옷장에 넣은 또 한 가지 중대한 이유는 보는 것 말고는 인형의 다른 쓸모란 없었기 때문이었다. 몰래 치러진 생일잔치와 숨겨놓아야 하는 쓸모없고 낯선 인형은 도예인의 자기 자신(들)과의 부조리한 관계를 단적으로 보여준다.

3) 아홉 살의 도예인은 인형과는 거리가 먼 아이다. 도예인이 가장 좋아하는 놀이는 만화책이나 소설, 책장 구석에 몰래 꽂아둔 부모의 젊은 시절 일기 등 글씨로 된 것을 닥치는 대로 읽는 것, 그리고 빈 공책에 조선시대를 배경으로 한 공포 만화를 그리거나 단조풍의 짧은 노래를 만들어 부르거나 화창한 날 동네 아이들을 모아 달리기를 하고 〈수사반장〉 에피소드를 재연하는 것이었다. 도예인은 최불암 역을 고수했지만 형평성을 위해, 그리고 간혹 '검은 신사단'[6]처럼 멋진 범죄자들이 등장하는 에피소드가 방영된 다음 날이면, 자진해서 범인 역을 맡기도 했다. 그리고 혼자 산에 놀러 다니는 것을 좋아했다. (이 대목에 관해서는 '7)' 이하에 후술하기로 한다.)

4) 도예인은 모의 일기에서, 그 사람은 악마다, 라는 구절을, 부의 일기에서는, 나는 그녀를 사랑하지만 그녀는 나를 악마라고 생각하겠지, 라는 구절을 각각 읽었다. 도예인의 부

와 모의 일기 사이에 직접적인 상호텍스트성이 존재하는지는 불분명하다. 그러나 비슷한 시기에 쓰인 사적(私的) 기록물이 우연히 같은 지칭 대상에 같은 명칭을 사용하여 반대되는 문장을 구성하고 있다면 에레혼 문화클럽이 부른 업보 송가 〈업보 카멜레온〉의 일절처럼 "모순을 파는 방법"이 잘 드러나는 자료라고 하지 않을 수 없다.

그나저나 도예인의 모는 왜 일기를 가져가지 않은 것일까. 부의 일기는 겨우 대학 신입생 시절부터 시작됐지만, 모의 일기는 무려 중학교 시절로 거슬러 올라갔다. 일기를 쓰기 시작한 시점에 두 사람은 모두 첫사랑을 경험했다. 두 사람의 일기는 필체와 마찬가지로 장르도 완전히 다르다. 이것이 도예인의 분열적인 특성을 설명할 자료가 될 수도 있다.

5) 30권짜리 세계문학전집을 순서대로 네 번쯤 읽었을 때 도예인의 부는 16권짜리 과학만화전집을 사왔다. 문학책을 너무 많이 읽으면 정신이 이상해진다는 이유에서였다. 도예인은 균형에 대한 강박으로 과학만화전집을 순서대로 네 번 읽고 이 모든 것을 처음부터 다시 시작해야 했다. 도예인은 이미 이상해져 있었던 것으로 보인다.

6) 낮 시간에 도예인은 혼자였기 때문에 동네 친구들이 자주 도예인의 집에 모여 놀았다. 도예인은 단 한 번도 그 인형을 친구들에게 보여주지 않았다. 손목시계와 휴대용 카시오 축구 게임기와 어린이용 라디오처럼 인형도 쥐도 새도 모르게 없어질까 두려웠기 때문이다. 하지만 혼자일 때에라도 하루에 한 번 이상 옷장을 열고 인형을 꺼낸 적이 없

다. 과장된 머리카락과 속눈썹, 이유 없는 미소, 리본과 원피스. 낯설고 매혹적이지만 쓸모없는 장난감. 보이지 않아도 거기에 그게 있다는 사실이 주는 안도감만이 이 인형의 유일한 쓸모였다.

2년 후 부와 재결합한 도예인의 모는 도예인이 학교에 간 사이 인형을 쓰레기통에 넣었다. 도예인이 뛰어나갔을 때 쓰레기는 이미 수거된 뒤였다. 모가 인형을 버린 이유는 무서워서, 였다. 실제로 이 인형은 이미 상당히 물령화(物靈化)가 진행되어 있었다. 도예인은 그날부터 자기 심장이 돌처럼 굳었다고 생각한다. 물령이 도예인을 침식해가고 있었기 때문이다.

7) 도예인이 처음 산에 혼자 놀러 간 것은 여섯 살 무렵이다. 도예인은 혼자 뒷산에서 진달래나 아카시아를 따 먹곤 했는데, 배가 고파서라기보다는 재미있어서였다. 산에 다녀온 어느 초여름 저녁 2층 양옥의 2층에 위치한 자신의 집으로 들어가는 철제 계단에서 아래를 내려다보다, 건조한 배수로에 약 90센티미터에 달하는 뱀 허물을 발견한다. 석양에 물든 붉은 풍경 속에서 바짝 마른 뱀 허물은 도예인의 시야를 가시처럼 찌르고 있었다.

도예인은 처음에는 이것이 죽은 뱀이라고 생각했으나 차츰 껍데기뿐이라는 것을 수일에 걸쳐 알게 되었다. 태어나지 않은 것과 죽은 것의 차이에 관해 지성적으로 생각하지 못했으나 어떤 기미를 눈치채기 시작한 것으로 추측한다. 이 계기가 업신으로 성장 중인 우수 견습 사령의 탈피였던 데다, 도예인이 허물을 손대지 않고 그대로 두었던 덕에 도예인은 향후 수년간 산행을 즐기면서도 뱀에 물리지

않고 성장할 수 있었다. 다음 해에 사촌과 산에 갔다가 벌에 쏘인 것은 액땜이었으며 울면서 수박 4분의 1통을 먹고 나왔다.

8) 계속되던 산행이 멈춘 것은 4년쯤 후이다. 눈 쌓인 겨울 산의 등성이에서 발견된 일련의 어울리지 않는 물품들 때문이었다. 간혹 등산로에 떨어져 있는 인근 중학교의 학생증을 본 적은 있었지만 거의 부조리극 무대의 소품에 가까운 조합은 공포심을 불러일으켰다.

— 모로 쓰러져 있는 거의 새것에 가까운 빨간색 스틸레토 하이힐 한 짝(왼발)
— 그 옆에 던져져 있는 거의 새것에 가까운 삽 한 자루
— 거의 방금 뿌려진 것 같은 핏방울 여러 개
— 그리고 방금 생긴 듯한 주변의 커다란 개 발자국들

도예인은 탐정을 꿈꾸기는 했지만, 아직 사건을 해결할 담력은 없었다. 도예인은 겁에 질려 그 길로 돌아 내려온 후 다시는 혼자 산에 오르지 않겠다고 다짐했다.

9) 도예인의 태어난 날에 대한 감정과 산행을 이처럼 오래전의 기억 자료까지 동원하여 복원해야 하는 까닭은, 앞서 말했듯 도예인의 실종이 생일의 예기치 않은 산행과 무관하지 않기 때문이다. 청구인은 도예인의 실종과 악몽의 관계에 관한 자료를 청구하였는데, 이 두 현상 사이에는 또 다른 중요한 사건이 자리하고 있다. 그것은 도예인이 실종되기 직전에 과거 인연이 있던 사령과 사전 동의 없이 두 번

째로 절교한 일이다.

10) 이 사령은 대략 18세 내외의 젊은 여성으로, 19세기 말엽에레혼에 전입을 시도하다 백백업이 부족한 데다 흑백업(黑白業)이 너무 많은 혼란 상태로 인해 승인이 거절된 자이며, 도예인이 자신과 같은 나이가 되었을 때부터 도예인을 끈질기게 관찰해왔다.

처음에는 도예인이 잠든 동안 침대 머리맡에 서서 지켜보았는데, 고갱이 아를을 떠나려고 마음먹었을 때 고흐가 보인 집착도 이만큼이나 집요하지는 않았을 것이다. 도예인은 잠결에 몇 번 머리맡의 그림자를 목격하면서 자신에게 집착하는 사령의 존재를 짐작하게 되었고 이후 30년가까이 불편한 관계를 맺어왔다. 사령은 자신의 이름이 손말명이며 사람으로 치면 Jane Doe나 김아무개 같은 이름이라고 자신을 소개했다. 도예인은 발음이 엉기는 게 싫어서 손말명을 손 여사라고 불렀다.

11) 손 여사는 다른 잡귀들처럼 구질구질하게 보일까 봐 종종매우 냉소적이고 거리를 두는 방식을 취하려 했지만, 잠든 도예인의 머리카락을 허락도 없이 동이 틀 때까지 센다거나, 100년이 넘도록 해소되지 않은 알 수 없는 억울함과자신이 시대에 더 이상 맞지 않는다는 자격지심, 그리고 유일하게 친구로 삼고자 한 도예인의 시종 냉담한 반응 때문에 드물지 않게 히스테리를 부리곤 했다.

도예인은 손 여사의 집착과 히스테리 때문에 껄끄러운 관계를 청산하고 싶었지만 손 여사의 집요함이 처절한복수를 암시했기 때문에 손 여사의 하소연을 한 귀로 듣고

7 　혹자는 손말명의 여러 특성으로 미루어 손말명이 도예인의 조상 중 한 명이라 추측할 수도 있고 그 추측이 맞을 수도 있다. 그러나 대개 여하한 이유로 에레혼 전입에 실패한 사령들의 사례들을 참고해볼 때, 스스로 목숨을 끊은 이들은 대체로 육체를 잃는 순간 기억하기도 싫은 삶을 구겨서 등 뒤로 날려버리기 십상이기 때문에 손말명이 도예인에게 설령 본능적으로 혈육의 정을 느껴 집착했다 하더라도 육체가 있었던 시절의 자신의 삶을 기억하고 있었으리라고는 생각되지 않는다.

에레혼의 전입 절차는 매우 신중하고 까다롭기 때문에 생전의 업보 자료는 정량평가를 참조한 정성평가를 통해 이루어진다. 흑흑업이 낮고 백백업의 총합이 높다 하더라도 흑백업의 총량이 표준점수를 월등히 초과하면 '혼란한 자'로 간주해 전입이 일정 기간 연기되거나 정기적으로 재교육 프로그램을 이수해야 하지만, 이처럼 자신의 기억을 지워버린 자들은 업보평가의 정당성에 이의를 제기하며 반발하고 프로그램을 이탈하는 경우가 많다. 이런 재교육 이탈 사령들을 관리할 전담반이 절실히 요구되는 실정이지만 느긋한 에레혼의 시스템은 매우 느린 속도로 이에 대응하고 있다. 현장 요원도, 행정 근무자도 8교대로 돌아가기 때문에 효율적인 업무가 이루어지지 않고 있는 것이다.

추적 능력, 교육적 마인드, 공감 능력이 뛰어나고 필요하다면 업무 시간 이외에도 지나치지 않은 선에서 업무를 취미로 실행할 수 있는 열정적인 인력을 선발하여 운영하는 것을 고려해볼 수 있지만, 이는 본 조사관의 가설일 뿐, 실현 가능성은 장담할 수 없다.

8 　모든 사령이 발이 없는 것은 아니다.

한 귀로 흘리는 훈련을 해야만 했다.

도예인과 손 여사의 관계에 관한 이런 서술이 어딘가 익숙하게 들린다면, 그것은 에레혼과 달리 아직 이승에서는 병적 나르시시즘에 대한 적극적인 사전 예방 조치나 사후적인 치료가 시행되지 않아, 적지 않은 연인, 가족 또는 친구 관계가 이와 다르지 않기 때문이다.

12) 첫 번째 절교는 대략 10년 전으로, 사령이 도예인의 어린 여동생 도래인에게 말을 걸기 시작했을 무렵이었다. 도예인은 동생에게까지 불편한 관계가 전이될까 염려한 끝에 사령에게 절교를 선언했다. 이제 내 방에서 나가줬으면 해. 왜 이래, 여긴 원래 우리집이야.[7] 아니, 누구 맘대로 우리래, 나에게도 사생활이 있어, 당장 꺼져주지 않으면 천일염을 뿌리겠어.

하지만 다툼 후 수일에 걸쳐 사령은 도예인이 한참 꿀잠을 자야 할 시간에 나타나 도예인의 책상 위에 닭똥 같은 눈물을 떨어뜨리며 신세를 한탄하거나, 방충망에 달라붙어 그물눈을 세거나, 세상을 저주하는 말을 끊임없이 낮은 목소리로 밤새 읊조리곤 하였다. 결국 머리끝까지 화가 난 도예인이 온갖 비속어와 욕설을 퍼부은 후에야 도예인의 방에 발길[8]을 끊은 것이다. 관 뚜껑에 대못을 박은 것은 '거머리 같은 년'이라는 마지막 말이었다.

이 같은 불운에 관해서는 위로와 전문적인 기술과 지식을 지닌 제3자의 개입이 일찌감치 있었으면 좋았으리라. 도예인이 사령에게 어떠한 미안함이나 죄책감도 느끼지 않고 절교할 수 있게 되기까지는 상당한 시간이 소요되었다.

9   1997년 말 보건복지부 조사에 따르면 남한 면적 9만 9,313제곱킬로미터 중 1.1퍼센트인 996제곱킬로미터가 무덤으로 총 분묘 수는 1,998만 기이 다. 이 중 무연고묘가 40퍼센트인 800만 기로 추정된다.《한국민족문화 대백과사전(무덤)》참조. 한반도에 약 30만 년 전 호모에렉투스의 유적이 존재하고 이후 계속적인 인류 활동이 관찰된다는 점을 미루어볼 때 이 분 묘 수는 실제보다 매우 축소된 수치라고 할 수 있다.

13) 우리가 입수한 업보 파동 자료에 의하면 도예인이 공동묘지에서 길을 잃었던 날 손 여사가 10년 만에 다시 도예인을 방문한 것으로 보인다. 간신히 사람 사는 마을로 내려온 도예인은 지병으로 이미 허약해져 있던 신체에 낙상으로 인한 손상이 더해진 데다 장기 복용 중인 신경성 통증 진통제의 부작용으로 브레인포그 상태였는데, 자신이 지나온 수많은 무덤의 갖가지 사연들의 다양한 색조[9]가 더해져 심리적인 총체적 과부하 상태였으므로, 평소보다 훨씬 높은 흑흑업 가중치를 얻어 불운을 불러들이는 상태가 되었다.

손 여사가 돌아왔다는 첫 번째 징조는 도예인이 동거인(정보 공개 청구인)으로부터 생일선물로 받은 새 핸드폰에 모르는 번호로 도착한 문자메시지였다.

자니? ^^

누구세요???

핸드폰 바꿨더라?
축하해! 뿡 뿌루뿡뿡 ♫♪♪♬

14) 누군가 다른 사람이 내 기기가 바뀐 것을 알 수 있는 방법은 무엇일까? 도예인은 사색이 되어 번호를 검색해보았지만 발견한 것은 심히 해상도가 낮은, 전혀 모르는 사람의 SNS 프로필 사진뿐이었다. 아이디는 거머리.

물론이다. 기기가 바뀐 걸 알 수 있다면 그는 해커이거나 해커에 빙의한 사령이다.

두 번째 징조는 앞서 청구인이 언급한 악몽의 연쇄적 출현이다. 네 가지 사례에 등장하는 경멸스러운 지인, 불편한 지인들, 분노와 참회를 반복하는 도예인의 모, 원망하는

10 '영원히 쌩까다'의 줄임말.

교복 입은 여학생은 손말명의 꿈속 가상 변환 인물들일 수 있다. 이들은 부적절한 조언, 평온 상태의 방해, 분노와 습관적인 후회, 원망과 집착 등 손 여사가 도예인에게 보였던 특징적인 강한 감정 상태를 각각 대표한다.

15) 도예인은 이 같은 불길한 징조들이 잇달아 자신을 침식하기 시작하자 궁리 끝에 손 여사의 방문을 완전히 차단하기 위하여 밤새 암염등을 켜두고 팥죽을 끓이며 두 번째 절교를 선언하였다.

　　한편, 손말명은 이제 태어나지 않은 자들의 세계에서 영생을 버리고 스스로 목숨을 끊어 이생에 발을 들인 후 18년째에 다시 스스로 목숨을 끊고 사령이 되어 130년 만에 한 사람에게 두 번째 절교를 당했으니, 이처럼 절교당한 사령의 처지를 가리켜 '영생을 버리고 영쎙[10]을 얻었다'고 한다. 이때가 동짓날 근처였으며, 한동안 평온하게 지내는 듯 보였던 도예인은 약 40일 후 산책 나가는 모습을 마지막으로 현재까지 목격되지 않았다.

3.　업보 정보의 종합에 따른 가설의 최종 결론 및 보완해야 할 점

이 같은 가설에 따른 자연스러운 결론은 손말명의 보복에 의한 납치 및 빙의라 할 수 있다. 이 경우 도예인은 손 여사에게 사로잡힌 상태에서 **빠져나오지** 못하고 있을 수 있다. 그렇다면 도예인은 어디에나 있을 수 있되, 자기 고유의 파동이 차단된 상태일 것이다. 청구인의 의향에 따라 사령 전담반에 현장 조사를 의뢰할 수 있지만, **빠른** 시일 안에 사건이 해결되기를 바라는 것은 현명한 일이 아니다. 앞서 언

급했듯이, 현장 인력은 한정되어 있으며 8교대로 운영된다는 점을 주지해야 한다.

도예인은 실종 직전 손 여사에게 완전히 질려 신경쇠약 직전에 달해 있었으며, 인과성에 대한 믿음을 잃기 시작한 듯하다. 주지하다시피 이생의 사람들은 인과성이라는 최종적인 종교 형태에 의지하여 살고 있으나 모든 종교적 믿음과 마찬가지로 믿는다고 말하면서 믿지 않는 것처럼 행동하는 것은 드문 일이 아니다. 그러나 도예인의 배덕은 일상적인 모순 정도에 그치지 않고 완전한 손절에 이르렀을 수 있다. 이럴 경우, 집 안의 가장 구석진 곳에서 인과성 체계로부터의 탈피 준비 과정에 들어간 실종자의 넋 나간 모습을 발견할 가능성도 없지 않다. 가령, 도예인은 자신을 침식했던 물령을 무의식적으로 모방하여 옷장 안에 있을 수도 있다.

　이를 오래 방치하면 생령(生靈)이 된다. 사령에 의한 납치 및 빙의만큼이나 생령이 되는 것도 위험한데, 한번 이런 일이 있은 뒤에는 생령 경험의 특수성에 중독되어 쓸데없는 시나 소설 등을 마구 써서 이생의 건전한 인과성 체계의 표면에 흠집을 낼 수 있기 때문이다.

따라서 다음 사항들에 대하여 각 담당 분과의 업무 협조를 통한 면밀한 조사가 필요하다.

— 미약하나마 도예인의 주거지에서 도예인의 생활 업보 반응이 감지된 바 있다는 점
— 동거인임에도 업보 정보상 청구인과 어떠한 상호 반응

도 발견되지 않는다는 점
— 청구인 신선비의 업보 정보가 기밀로 취급되고 있다는 점
— 도예인의 취약한 상태가 업신의 행운을 완전히 감쇄시
  킬 정도인지는 확인되지 않았다는 점

그러나 성급하게 업무 협조를 통한 대대적인 수사를 요청
하기 전에 우선 집 안을 구석구석 찾아볼 것을 청구인에게
정중히 제안하는 바이다.

이상.

부엌엔 팥죽이 끓고

나쁜 친구니까
얼굴을 보여준 적 없으니까
타이르고 화내고 저리 가라고
얼굴을 가리고 돌아누워도
귓가에 입술을 대고 글쎄
나를 야라고 부르니까 아무리
그래도 그렇지 야라니 도대체
경계라는 걸 모르니까

이봐, 사적 공간을 좀
존중해주시지? 누구신데
남의 이불 속에 기어들어와
속삭이고 울고 톡톡 쏘고
혼잣말하고 또 울고 내 머리칼을 세고

밀당하는 거야 뭐야 장판 위에 밤새
뚜욱뚜욱 듣는
물소리는 어쩔,

초대한 적 없으니까

친구 신청한 적도 신청 수락한 적도
다짜고짜 밑 빠진 슬픔 속에 끌어들이는
너는 친구도 아니니까
이름도 모르니까

사람들은 네가
작은할아버지의 여동생이라 하고
열여덟에 청상과부가 되었다 하고
우물에 몸을 던졌다 하고
집안 여자들에게 자기 운명을 물려주려 한다지만

모르는 소리, 너에겐
호적제도를 옹호할 연유가 없고
기분이 오락가락
깔깔 웃다 오래 우는 건 그 나이에 흔한 일
그저 오랫동안 자랄 줄을 모르고

아무래도 널 이해하는 건 나뿐인 듯하지만
그러니 우리는 친구인지도 모르겠지만

참는 건 오늘까지라
속삭임도 울음도 혼잣말도
방바닥에 물 드는 소리도 내일부터는
모르는 척할 거라
암염등을 아침까지 내 밝히고
잠귀는 아주 꺼버리고
청맹과니가 될 거라

누구의 방법인가

#1. 도예인이 실종되고 100일이 지나자

도예인은 실종 100일 만에 자기 집 서재 책상 앞 의자에서 발견되었다, 도예인은 지름이 한 자(尺)쯤 되는 공 모양 고치의 형태로 의자 안쪽에 도사리고 있었는데 등받이 때문에, 그리고 설마 거친 황갈색 비늘에 싸인 코코넛 열매 모양 고치 안에 누가 들어 있을 것이라고는 아무도 생각하지 않았기 때문에(오, 이것은 사이잘 쿠션이 아니었나요?), 업보 경찰 수사팀과 도예인의 동거인 신선비는 다섯 달 전 도예인이 헤매던 공동묘지 근방만 수색하고 있었던 것이었다, 고치 속에 웅크린 도예인을 눈치채고 있었던 것은 도예인의 집 고양이 초코가 유일했으니, 초코는 긁기 좋은 표면을 가진 도예인의 고치를 의자에서 끄집어내보려 한동안 노력하다 익숙한 체취를 감지하고는, 모니터 옆 무릎 담요에 누워 고치를 지긋이 바라보곤 했었다, 처음 고치 속에 도예인이 들어 있을지 모른다고 의심한 것은 물론 현실 추리에 능한 업보 경찰 수사팀의 프로파일러가 아니라 가설 팀 심의관 나사루였다, 그는 이미 도예인의 실종에 관한 신선비의 업보 정보 공개 청구에 관한 답변서에서 부디 다른 조치를 취하기 전에 집 안을 꼼꼼히 뒤져보시라 간곡히 조언한 적이 있었던 것인데, 책상 위 작은 수첩에서 발견된 도예인의, 도대체가 맺음말이라고는 없는, 무어라 말할 수 없는 글을 그가 유서일지

수두의 합병증

모른다고 생각했을 때;

#2. 탈피 시기 불상(不詳)

혁명적인 행위는 고갈되었다
다들 근본을 부인하니까
낭만이 사라지기에 충분한 시간이 흘렀기 때문에
이제 이 약속의 인민들은 환상과 믿음을 구분하고
데이터요금제 변경 독촉과 사랑 고백을 혼동하지 않고
약속의 날에도 여느 때처럼 소파에 파묻혀 있을 수 있게 되었다
마음 붙이고 뇌를 녹여도 괜찮은 바위를 발견한 어린 멍게처럼
그들은 편안하게 생각의 회로를 녹이기 시작한다

아, 아무것도 생각하지 않아도 되는 이 평화
어떤 메뉴를 선택해도 무난히 삼킬 수 있는 중장년의 목구멍
'잘 산다는 것'의 판단을 입출금 내역과 종합검진 소견서에 떠
맡겨 놓은
흔들리지 않는 편안함

필생의 용기를 내어 당신이 결코 하지 않을 거라 생각한 어떤
일을 결행한다고 치자
소개팅이나 중장비 자격증 도전 또는 전자기타 연주나 선거운동
몇 년 뒤 당신은 그 어떤 결단도 근본적으로 삶을 바꿀 수 없다
는 것을 깨닫게 되고

교훈 없는 주말의 소파 위에 모순된 잠언들과 함께
당신은 순장된다, 이 묘의 주인은 번쩍이며 헛소리를 지껄이는

전화기이며, 그리하여

절망한 자가 손발을 접어 몸 안에 집어넣고
머리와 목을 심장 가까이 끌어당길 때
법칙이 있을 세계를 상상하는 당신, 그리고
그동안 떠오르는;

#3. 충분히 삶은

　주부(主婦, 主夫): 집집마다 가급적 하나씩 있으면 좋다. 주부
를 자처하는 사람이 없는 집에서는 모두 n분의 1씩 주부가 된다, 또
는 아무도 주부용 고무장갑을 사용하지 않으려 하게 된다. 성실한
주부는 그릇이나 빨랫감을 씻을 뿐 아니라 필요하다면 삶을 줄 알
아야 하고, 얼룩의 종류에 맞게 각종 화학 약품을 적절히 사용할 줄
알아야 하며, 식육을 해체하고 피를 우리고 노린내를 없애는 여러
향신료를 사용하여 충분히 오래 삶아 고기가 자연스럽게 뼈와 분
리될 때까지, 전념을 다하지 않으면서도 신경을 완전히 거두지 않
을 수 있어야 한다. 그들은 '약간'이나 '한 꼬집', '한 줌', '두어 숟가
락', '한소끔', '적당량', '충분히' 등의 모호한 단어들을 정확히 이해
하는, 대단하지 않지만 수수께끼 같은 능력을 가지게 된다. 그릇이
나 흰 면 빨래나 고기를 삶는 동안 사회면 기사를 짬짬이 읽다가 잔
인한 백일몽에 빠지게 되면 스스로 꾸짖고, 할 수 있다면 그릇이나
냄비, 씽크대와 혼동되지 않도록 가끔 인기척을 내고 콧노래라도
부르는 것이 좋다. 그러나 아무리 주의를 기울여도 눈 깜빡할 새 끓
어 넘치는 것은 드문 일이 아니며, 충분히 삶은 이후에도 여전히 질
기다면,

#4. 이후에도

삶이
여전히 질기다면
꼭꼭 잘 씹는 수밖에요
식탁 의자에서 책상 의자로 옮겨와
귀를 기울이면
무언가 기다려왔다는 느낌이 듭니다
분열인지 융합인지 헷갈립니다만
나는 점점 응축되어갑니다

누가 나를 수고로이 던져준다면
얏호, 즐거이 날아가 궤도 운동을 하련만

성냥을 좀 빌릴 수 있겠습니까?

안심하세요
아시잖아요
째깍째깍 소리 내는 것이 다
터지지는 않는다는 거

Ɛ

3

모순에 대한 중심 없는 사랑을 위하여

모순에 대한 중단 없는 사랑을 위하여

나는 오랫동안 하이데거와 첼란을 둘러싼 몇 개의 장면을 하나의 유비로 생각하고 있었다. 처음 내가 이 일화들에 흥미를 느낀 것은 제도적 절차를 통해 '시인'이나 '평론가'가 되기 전이었다. 그때 나는 하이데거와 첼란을, 시를 사랑하는 사람과 시를 쓰는 사람, 아름다움에 빠진 사람과 아름다운 사람, 이를테면 나보코프의 험버트 험버트와 롤리타, 혹은 토마스 만의 구스타프 아셴바흐와 폴란드 소년의 관계와 같이 생각했다. 롤리타는, 폴란드 소년은, 험버트와 아셴바흐를 얼마나 절망에 빠뜨렸나! 하이데거는 횔덜린과 릴케와 첼란을 읽을 때마다 자신이 시인이 아니라는 사실, 단지 시를 사랑할 뿐이라는 확인에 얼마나 비참했나! 얼마나 시인이 되고 싶었나! 시가 '명명하는 능력'에서 나오는 것이라면, 철학사 전체를 자신의 신조어로 바꾸어 쓴 그 자신은 성서 속의 최초의 인간처럼 세계를 '시 짓고' 있었는지도 모르지만, 아셴바흐가 머리를 염색하고, 화려한 옷을 입고, 화장을 해도, 여전히 폴란드 소년의 아름다움의 노예였듯이, 오히려 점점 추악해졌듯이, 하이데거가 아무리 신조어를 만들어도 그는 시인이 아니라 회색의 철학자였다.

이 관계들은 모두 대책 없는 짝사랑이었다. 험버트는, 아셴바흐는 그들이 사랑한 금지된 대상에 홀리고 아름다움에 취해 있다. 그들은 도망치지 말고, 죽지도 말고, 롤리타와 폴란드 소년이 늙는 것을 지켜봤어야 했다. 하이데거는, 첼란의 병과 첼란 가족의 죽음에 간접적으로 책임이 있다는 사실을 직시했어야 했다. 그는 자신이 사랑한 시인의 고통을 대면했어야 했다.

1967년, 하이데거는 수용소증후군에 시달리고 있던 첼란을 자신의 별장 토트나우베르크에 초대한다. 그는 무엇을 기대했던 것일까? 첼란은 이 별장의 방명록에 적힌 나치 수뇌부의 이름들을 읽으며 심란해지고 말았다.

아니카, 눈 밝음 약초,
별 모양이 위에 달린 우물에서
취하는 물 한 모금

그
산장에서

그 책 안에
— 어떤 이름들이 내 이름 앞에
쓰였을까? —
그 책 안에 적어 넣는
한 사색가의
마음에 담긴
한마디 말을
오늘, 듣기를
소망하는
글

숲의 초지, 고르지 않는,
여기, 저기 홀로 핀 오르키스,
조금 후, 차 안에서 두드러지는
서먹함,

우리를 태우고 가는 사람,
그는 그것을 함께 느끼네.

반쯤
가다만 늪지의
통나무 길

축축함
가득히.

— 파울 첼란, 〈토트나우베르크〉(《독일언어문학》제17집(2002.6.), 정명순 옮김)

그들은, 만났지만, 고통스러운 침묵으로 일관했다고 전해진다. '아름다움'에 대한 사랑은 미학의 시작이지만, 아름다움에 대한 '사랑'은 미학과 윤리의 숙명적인 동반을 암시한다는 사실을 외면하지 말았어야 했다. 더 멀리 갔어야 했다.

그렇다면 하이데거가 첼란을, 혹은 첼란의 시를 사랑했을 때, 그가 사랑한 것은 무엇일까? 이것은 아우구스티누스의 저 유명한 질문, "당신이 당신의 신을 사랑할 때, 당신이 사랑하는 것은 무엇인가?"의 변형이지만, '당신이 시를 사랑할 때, 당신이 사랑하는 것은 무엇인가?'로 바꾸어 읽어도 크게 상관은 없다. 이 질문의 구조는 어디에나 적용될 수 있고, 또 그래야 할 필요가 있다. 우리가 본질을 모르고 가상에 자주 홀리기 때문만이 아니라, 사랑이, 생성 중인 관계 속에서 실행되고 있는 주의 깊은 모험이라는 사실을 거듭 기억하기 위해서다. 사랑은 모든 구체적인 사례들이 독특하다는 의미에서 독특하며, 아무것도 보장되어 있지 않다는 점에서 다소간 폭력적이고 잔인하다.

하이데거를 생각하면서, 시를 사랑하는 자의, 시를 논하는 자의 분열에 관해 생각한다. 2014년, 하이데거의《검은 노트》가 출간되자, 20세기의 가장 위대한 철학자라던 그의 명성은 순식간에 무너졌다는 풍문이 들려왔다. 그와 나치의 관계를 둘러싼 무성한 소문들―하이데거가 유대인 스승 후설을 밀고하고 그의 자리를 차지하고서 그의 미출간 원고를 참조하여《존재와 시간》을 썼다는 추문, 혹은 반대로, 총장 취임 연설이 보여주는 나치즘에 대한 동조가 실은 일시적인 것이었으며, 그는 나치즘의 '어떤' 발상에 동의할 만한 지점이 있다고 잠시 생각했을 뿐, 현실 정권의 행태에 대해서는 시종 비판적 입장이었다는 필사적인 옹호에 이르기까지―은 일거에 한쪽 방향으로 해석되기 시작했다는 것이었다.《르몽드 디플로마티크》는 하이데거가 라캉의 나치즘 심의를 통과하지 못했지만, 프랑스 철학자들 덕분에 감옥에 가지 않았다고 전하고 있다. 자신의 철학 저서들에서 인간 실존의 구체적 조건과 필멸성, 존재 방식―이 모든 것은 서로 단단히 얽혀 중층 결정하고 있다―에 관해 그토록 열렬하게 집필했으면서도 '역사성'을 강조할 뿐 현실적인 참조점들을 구체적으로 지적하는 일이 아주 드물었던 그는, 자신의 일기인 《검은 노트》에서 만큼은, 중단 없는 확신 속에서 나치즘을 지지했으며, 뼛속까지 반유대주의자였음을 직접적으로 고백하고 있다는 것이었다.

알 만한 사람이 왜 그랬을까? 이런 질문은 시적 언어의 독창적인 말하기가 말의 파괴 경험이라는 발상을 광범위하게 유포한 '시에 대한 견해의 대가(大家)', 즉 20세기의 가장 위대한 시론가이자 철학자인 그에 대한 모욕과 오명에 정말로 관계된 것일까? 만일 그가 나치의 열광적인 지지자였고 인종주의자였다면, 그런 그의, 시와 인간에 대한 촘촘하고 거대한 사유 뭉치를, 그의 어휘 꾸러미를 우리의 손에서 내려놓아야만 하는 것일까? 리처드 로티가 상상으로 재서술하며 관대한 태도로 옹호했듯이, 하이데거의 삶에서 총장 취임과 연설과 나치와의 접점을 모두 삭제하더라도, 그는 그가 쓴 글들을 여전히 동일하게 썼을 것이라는 추정[1]은 설득력이 있는 것일까? 그 모든 일이 되어간 상황은 그저 약간의 불행한 우연이었나? 아니면, 그는 거대한 위선자에 불과한 것일까?

아무래도 그가 제시한 '심화적 극복'은 그 자신에게서 실행되지는 못했거나 지나치게 수행한 나머지 합리화에 복무한 것처럼 보인다. 하이데거에게서 책임 있는 말을 듣지 못한 첼란은 1970년, 수용소증후군으로 센강에 투신한다.

이렇게 말해야 하는 것이 아닐까; 미학적 분리주의는 자기모순에 대한 죄책감을 덜어주지만, 광범위한 자기분열

---

1   Richard Rorty, "Heidegger and Nazism", *Philosophy and Social Hope*, New York; Penguin Books, 1999.

을 방치함으로써 커다랗고 정교한 멍청이를 만들어낸다.

현대의 예술가는 점점 자기 지시적이고 비평적이 되려는 경향이 있다. 낭만주의로부터 도망치기 위해 그는 기술을 연마하고, 사라진 천재의 이념에서 벗어나기 위해 장인이 되려 한다. 하지만 때때로 그는 여전히 자신이 천재가 아닐 가능성에 사로잡혀 깊은 밤, 머리를 쥐어뜯는다. 상상력의 모험적 도약과 도덕의 울타리 사이에서 아셴바흐와 폴란드 소년이, 험버트와 롤리타가, 하이데거와 첼란이, 그리고 이 모든 관계를 적든 많은 해석해내는 독자와 아무것도 모르는 자연인이 한 몸에 산다. 이들을 하나로 묶어 설명할 수 있는 이론이 있을 거야! 아니야, 왜 그래야 한다지? 그냥 그때그때 자기 목소리를 내도록 내버려두는 것이 훨씬 민주적이지 않나?

이 다글거리는 동거야말로 포스트모더니티의 다른 말이 아닐까? 반성과 황홀과 이에 대한 메타비평이 한 몸에 거주하는 시대.

시를 쓰는 시간과 시를 논하는 시간은 아주 다르다. 완전히 다르다고는 할 수 없지만, 만취 상태에서 집으로 올라가는 엘리베이터 거울에 비친 자기 얼굴을 보는 것처럼, 서로 낯설다. 다만, 앞의 사례들과 다르게 그들은 일방적인 짝사랑의 관계에 놓여 있지만은 않다. 거울 속의 얼굴은 완전히 모르는 사람이 되어 있고, 무슨 생각을 하는지 짐작할 수 없고, 비웃는 듯한 웃음을 띠고 있다. 너는 나를 모른다. 너는 나를 모른다. 너는 나를 모르면서 나를 속속들이 안다고 생각하고 있구나.

낭시는 나르시스의 신화가 오해된 것일지도 모른다고 지적하면서, 나르시스는 수면에 비친 자신의 모습이 자기

인지 몰랐을 것이라고, 그는 '자기'의 아름다운 모습에 홀린 것이 아니라 그저 어떤 아름다움에 홀렸을 것이라고 어린이들을 위한 강연에서 이야기했지만,[2] 거울에 비친 자기의 모습에서 아름다움이 아니라 너무 많은 낯선 사물을 발견하는 사람들에 관해서는, 우리는 무슨 이야기를 해야 하는 것일까? 이제 '내 안의 타자'가 아니라 '내 안의 우리-그들'을 어떻게 처리해야 한단 말인가? ('우리'는 또 누구란 말인가?)

'나-비평가'는 '나-시인'이 지겨워졌다. 그는 무슨 부도덕한 짓을 저지르거나 최소한 쓸모없는 인간이 될 것 같다. 그가 한편으로는 모험적이고 예측 불가이면서 또 한편으로는 한없이 여유를 부린다는 점에 끌렸던 것은 사실이다. 하지만 그가 무슨 범죄를 저지르는 것처럼 가슴 두근거리며 스릴에 빠지고 자기도 확신할 수 없는 어떤 말을 마구 썼다 지웠다 하다가는 그저 게으르게 하루 종일 빈둥대는 꼴에 질려버리고 만다. 그는 도대체 적정선이 없다.

'나-시인'은 '나-비평가'의 비겁하고 안전하며 따분하고 기생적인 생존 방식이 경멸스러워졌다. 온갖 알은체를 하고 있지만 실제로 아는지 의심스럽다. 어떤 때는 사랑한다고 열렬히 입맞춤을 퍼붓다가 또 다른 때는 도덕적인 판단의 잣대를 들이대면서 형량을 선고하려 한다. 그는 내가 쓴 시를 자기 것처럼 취급하며 멋대로 사랑했다가 함부로 찢으려 한다. 그는 고집쟁이에 완고하고 위선적이며 고압적이고 곰팡내가 난다.

2   장-뤽 낭시, 〈아름다움에 대하여〉,《신 정의 사랑 아름다움》, 이영선 옮김, 갈무리, 2012.

그리고 이 꼴을 지켜보고 있는 '나-독자'는 둘 다 취소해버리고 싶다. 그러나 그러지 못한다. '나-독자'는 바로 이들을 만들어낸 장본인이기 때문이다. 그래서 우리는 우리를 용서해버리기로 한다.

이런 생각을 하다 보면 시와 철학을 한 몸에 지니려 했던 분열적인 다른 사람들을 또한 떠올리게 된다. 신랄하게 자신과 현실을 비판하는 시와 산문을 썼지만 사람들이 보는 앞에서 아내를 우산으로 때린 사람과 시와 산문으로 미학적 권리를 주장하면서 군부 독재 정권으로부터 호명을 받자 단 사흘을 망설이다 전국구 국회의원을 지낸 사람, 또는 정치적인 시를 쓰고 사형 선고를 받았으나 우주의 운행을 논하다 입이 삐뚤어진 사람. 첫 번째 사람의 과오가 그래도 가장 경미하다고 하지만, 역시 치졸하다는 느낌을 지울 수가 없다. 세 사람의 각기 다른 모양으로 멋진 시와 시론들을 다 떠나서, 알 만한 사람들이 왜 그랬을까? 그 많은 멋진 사유들을 펼쳐놓고서, 하이데거는 왜 그랬을까?

무언가 사정이 있었을 것이다. 어떤 음험한 사정이. 그리고 무수한 '나-독자'들은 '나-시인'과 '나-비평가'의 그런 협잡들에 관해 사실은 눈치채고 있는 것이다. 남들은 모를 거라고 위로하면서. 알아도 모른 체할 수밖에 없을 거라고 합리화하면서.

또다시 본론은 쓰지 못했다. '나-독자'는 실망하고, '나-시인'은 눈을 가리고, '나-비평가'는 이 기획을 원망한다. 이건 협잡이야. 내 오른손으로 하여금 왼손을 쓰다듬도록 하는 협잡이다. 다만, '내 안의 그들-우리' 모두는, 첼란이 고통 속에서 강물에 뛰어들 때조차, 거대하고 비겁한 멍청이를 포함한 이 세계, 자신에게 환호와 모욕과 위협을 가했던

이 세계를 여전히 사랑하고 있었을 거라고 확신하고 있다.

왼손의 투쟁
시와 사랑에 대한 탐구

ⓒ 정한아, 2022

초판 1쇄 발행 ⁑ 2022년 6월 7일
지은이 ⁑ 정한아

펴낸곳 ⁑ (주)안온북스
펴낸이 ⁑ 서효인 · 이정미
출판등록 ⁑ 2021년 1월 5일 제2021-000003호
주소 ⁑ 서울시 마포구 월드컵로14길 28 301호
전화 ⁑ 02-6941-1856 (7)
홈페이지 · 웹진 ⁑ www.anonbooks.net
인스타그램 ⁑ @anonbooks_publishing
디자인 ⁑ 동신사
제작 ⁑ 제이오

ISBN 979-11-978730-0-3 03810